KB108625

서정시 동서고금 모두 하나 6

항변의 노래

조 동 일

계명대학교, 영남대학교, 한국정신문화연구원,
서울대학교 교수, 계명대학교 석좌교수 역임.
현재 서울대학교 명예교수.
대한민국 학술원 회원.

《한국소설의 이론》, 《하나이면서 여럿인 동아시아문학》,
《세계문학사의 전개》 등 저서 50여 종.

서정시 동서고금 모두 하나 6

항변의 노래

초판 1쇄 인쇄 2016. 11. 25.
초판 1쇄 발행 2016. 11. 30.
지은이 조 동 일
펴낸이 김 경 희
펴낸곳 내마음의 바다
본사 ● 03044, 서울시 종로구 자하문로6길 18-7
전화 (02) 734-1978 팩스 (02) 720-7900
파주사무소 ● 10881, 경기도 파주시 광인사길 53
전화 (031) 955-4226~7 팩스 (031) 955-4228
한글문패 내마음의 바다
영문문패 www.jisik.co.kr
전자우편 jsp@jisik.co.kr
등록번호 제 300-2003-114호
등록날짜 2003. 6. 18.

책값은 뒤표지에 있습니다.

ISBN 978-89-423-9021-2(04800)
ISBN 978-89-423-9015-1(전6권)

이 책을 읽고 저자에게 문의하고자 하는 이는
지식산업사 전자우편으로 연락 바랍니다.

서정시 동서고금 모두 하나 6

항변의 노래

조 동 일

내마음의 바다

차 례

제1장
세상 보고 마음 열기

윤동재, 〈쑥국〉

황사가 심한 봄날
개심사에 들렀다가
부처님은 만나지 못하고
개심사 입구
식당 앞에서 쑥을 파는 할머니에게
쑥을 사 왔다
중학교 2학년과 초등학교 4학년
손자 둘을
집 나간 제 어미 대신 키운다며
쑥 좀 사달라고 했다
해는 저물고
더 이상 손님이 올 턱이 없으니
꼭 좀 사달라고 통사정을 했다
만 원을 주니
쑥을 몽땅 다 주었다
집으로 가지고 와서
콩가루를 넣고
쑥국을 끓였더니
만난 적 없는 할머니의 두 손자 얼굴이
쑥국에 비치었다
할머니의 눈물도
쑥국에 두어 방울 떨어졌다
그 바람에 쑥국 맛이 간간했다

한국의 현대 시인 윤동재는 이런 시를 썼다. 흔히 있을 만한 일을 담담하게 적은 일기라고 하겠는데 어쩐지 마음을 사로잡는다. 무슨 까닭인가? 얼마 되지 않는 글에 소설 한 편 착실하게 될 만한 사연이 들어 있다. 어렵게 살아가는 할머니와 주변 사람들의 모습이 눈에 선하게 들어오게 그렸다. 그러면서 소설로는 나타낼 수 없는 깊은 뜻이 있다. 생각하면서 읽으면 많은 것을 말해준다. 범속하게 여길 말이 하나도 없다.

황사가 심한 봄날 마음이라도 열어야 하겠기에 열 '開'자 마음 '心'자를 이름으로 삼는 '開心寺'를 찾았다. 마음을 열어줄 부처님을 만나지 못했지만, 그 할머니가 부처님이니 제대로 찾아갔다. 할머니는 산다는 것이 무엇인지 알 수 있게 마음의 눈을 열어주었다. 쑥국 맛이 간간하다고 하면서, 할머니, 두 손자, 집 나간 어미, 그리고 그밖의 다른 여러 사람과도 체험을 공유하고 마음이 통하는 경지에 이르렀다. 시공을 넘어선 소통을 하게 되어, 자폐증에서 유래하는 인생의 황사를 물리칠 수 있는 깨달음을 얻었다.

자폐증에 사로잡혀 한탄을 일삼을 수 있는 시인이 마음을 여는 계기를 만나 세상과 널리 소통하면 시가 달라진다. 자기보다 더 불행한 사람들이 얼마든지 있다는 것을 알아, 환자 노릇을 그만두고 의사로 나서서, 현실을 진단하고 해결하고자 한다. 윤동재가 보여준 전환을 자기 나름대로 한 시인들이 여기저기 있다.

랭글런드William Langland, 〈**농부 피어스의 신조**The Crede of Piers the Ploughman〉

As I went on my way,
I saw a poor man over the plough bending.
His hood was full of holes,
And his hair was sticking out,
His shoes were patched.
His toes peeped out as he the ground trod.
His wife walked by him
In a skirt cut full and high.
Wrapped in a sheet to keep her from the weather.
Bare foot on the bare ice

So that the blood flowed.
At the field's end lay a little bowl,
And in there lay a little child wrapped in rags
And two more of two years old upon another side.
And all of them sang a song
That was sorrowful to hear.
The all cried a cry,
A sorrowful note.
And the poor man sighed sore and said
"Children be still."

나는 길을 가다가,
구부리고 쟁기질하는 가련한 사람을 보았다.
두건에 구멍이 많이 나 있어
머리카락이 삐져나왔다.
신발이 헤어져서
걸으면 발가락이 보였다.
따라다니는 아내는
짧은 치마가 치켜 올라가고,
머리에는 수건을 쓰고 햇빛을 막았다.
맨발로 얼음 위를 걸어 다녀
피가 흘렀다.
밭 끝머리에 작은 바구니 하나
어린아이가 누더기에 쌓여 누워 있다.
다른 쪽에는 두 살배기 아이 둘이 있다.
모두 노래를 불렀다.
듣기에 슬픈 노래를.
모두 울음을 울었다.
슬픈 곡조로.
그러자 그 가여운 사람이 화가 나 한숨을 쉬고 말했다.
"아이들은 가만있어."

랭글런드는 14세기 후반의 영국인이다. 생애는 잘 알려지지 않았는데 《농부 피어스》라는 장시를 남겼다. 이름이 피어스인 농민이 비참한 생활을 하면서 신앙에서 위안을 얻는다는 내용이다. 그 전체를 소개할 수 없어, 단시 하나만 든다.

길을 가다가 뜻하지 않게 농민의 참상을 보고 전한다고 했다. 자기는 무엇을 하는 사람이고 왜 길을 가는지 밝히지는 않았다. 머물러 있지 않고 밖으로 나가 길을 갔으므로 세상 사람들과 만날 수 있었다. 예상하지 않던 충격을 받고 심각한 말로 전했다.

쟁기질하는 농민의 두건과 신발이 해졌다고 했다. 따라다니면서 일하는 아내는 신발이 없어 발에서 피가 날 만큼 더 비참하다고 했다. 아이들을 데리고 밭에 나왔다고 했다. 집에 두지 못하니 당연한 일이다. 이산가족이 되지 않은 것은 행복이지만, 육아의 부담은 크다.

모두 슬픈 노래를 부른다고 했다. 부부가 밭일을 하면서 슬픈 노래를 부르자 두 살배기 아이들도 따라 불렀다는 말이다. 그래서 아버지가 아이들은 노래를 부르지 말고 가만있으라고 했다. 아이들이 한탄에 동참하는 것을 차마 두고 볼 수 없었다. 그 노래를 시에다 옮겨 전했다.

위고Victor Hugo, 〈**씨 뿌리는 계절 저녁**Saison de semailles. Le soir〉

C'est le moment crépusculaire.
J'admire, assis sous un portail,
Ce reste de jour dont s'éclaire
La dernière heure du travail.

Dans les terres, de nuit baignées,
Je contemple, ému, les haillons

D'un vieillard qui jette à poignées
La moisson future aux sillons.

Sa haute silhouette noire
Domine les profonds labours.
On sent à quel point il doit croire
A la fuite utile des jours.

Il marche dans la plaine immense,
Va, vient, lance la graine au loin,
Rouvre sa main, et recommence,
Et je médite, obscur témoin,

Pendant que, déployant ses voiles,
L'ombre, où se mêle une rumeur,
Semble élargir jusqu'aux étoiles
Le geste auguste du semeur.

지금의 시간은 황혼 무렵이다.
나는 문간에 앉아서 찬미한다,
하루의 나머지에 빛을 비치는
일하는 시간의 마지막 순간을.

밤이 내려 적시고 있는 땅을
나는 감동을 느끼며 바라본다,
거기서 남루한 차림의 노인이
미래의 수확을 뿌리고 다닌다.

노인의 높고 검은 그림자가
넓고 깊은 밭을 가득 채운다.
시간의 흐름이 얼마나 소중한가를
노인이 신조로 삼는 줄 알겠다.

노인은 엄청난 들판을 걸으며
오며 가며 씨앗을 멀리까지 뿌린다.
손을 폈다가 또 다시 시작한다.
숨은 목격자인 나는 명상을 한다.

그러는 동안 어둠의 장막이 내려,
웅얼거리는 소리가 섞인 그림자,
씨 뿌리는 사람의 장엄한 모습이
저 멀리 별나라까지 뻗는 듯하다.

프랑스 낭만주의 시인 위고는 이런 시를 지었다. 시인인 자기는 밖으로 나가지 않고 문간에 앉아 해질 무렵의 대지를 바라보면서 경치를 찬미하고 있었다. 남루한 차림을 한 늙은 농부가 들판을 오가면서 씨를 뿌리는 것을 발견하고 숨어서 보았다고 했다.

시인인 자기와 그 농부, 구경하는 사람과 일하는 사람, 젊은이와 늙은이, 넉넉하게 사는 사람과 가난해 남루한 차림인 사람이 다르다고 했다. 숨은 목격자로 남아 있어, 자기 모습을 나타내 거리감이 생기게 하지 않게 하고, 그 농부를 바라보았다. 미래의 수확을 가득 뿌리면서 시간의 소중함을 알고, 넓은 들판을 생산의 터전으로 삼으니, 농부가 위대하다는 것을 깨달았다.

농부의 노동이 시인의 명상을 압도한다는 것을 알아차리고, 농부의 모습이 별나라에까지 장엄한 그림자를 드리운다고 했다. 자연을 찬미하면서 시작된 시가 농부를 찬미하는 데 이르렀다. 시인이 할 수 있는 일은 농부가, 농사가, 노동이 위대하다고 알리는 것뿐이라고 했다.

사마광(司馬光), 〈길가의 농가(道傍田家)〉

道傍田家翁嫗具垂白
敗屋蕭條無壯息
翁携鎌索嫗携箕
自向薄田收黍稷
靜夜偸舂避債家
比明門外已如麻
筋疲力弊不入腹
未議縣官租稅足

길가 농가의 노부부 머리가 흰데,
허물어진 집에 자식도 없이 쓸쓸하다.
영감은 낫과 새끼, 할멈은 키를 들고,
오늘도 기장 거두러 자갈밭에 나가네.
빚쟁이 피해 야밤에 절구질했어도,
날 새자 문밖에 이미 삼처럼 늘어섰네.
뼈 빠지게 일하고도 뱃속에 드는 것 없건만,
현관이 거둔 조세 많다고 따진 적 없다네.

중국 송나라의 사마광은 위에서 든 랭글런드보다 3세기쯤 앞선 사람이다. 관직에도 종사하고 역사서도 써서 세상을 바로잡으려고 했으나 역부족임을 깨닫고 이런 시를 지었다. 길을 가다가 본 농민에 관해 말한 것은 같다. 거동을 살피는 데 그치지 않고 어떻게 사는지 물어서 밝혀낸 사실까지 말했다.

사태가 심각하다고 했다. 젊은 사람들은 모두 농촌을 떠나고 힘없는 늙은이들만이 어렵사리 살아간다고 했다. 머리 흰 노부부가 자갈밭에 가서 기장이나 가꾸어 살아가는데, 빚이 누적되어 빚쟁이가 문밖에 삼처럼 늘어서고, 나라에서 거두는 조세가 고통스럽다고 했다.

권필(權韠), 〈**애절 애절 얼마나 애절**(切切何切切)〉

切切何切切
有婦當道哭
問婦何哭爲
夫婿遠行役
謂言卽顧反
三載絶消息
一女未離乳
賤妾無筋力
高堂有舅姑
何以備饘粥
拾穗野田中
歲暮衣裳薄
北風吹郊墟
寒日慘將夕
獨歸茅簷底
哀怨豈終極

애절 애절 얼마나 애절 애절.
한 아낙이 길에서 울고 있네.
왜 우느냐고 아낙에게 물으니,
남편이 멀리 수자리 갔는데,
곧 돌아오마고 말하더니
삼 년 동안 소식이 끊겼다오.
딸 하나 아직 젖을 못 떼고,
제가 근력이라고는 없네요.
집안에 시부모가 계시는데,
무엇으로 죽이라도 쑨단 말인가요?
들판에서 곡식 이삭 주으려 하니,
세모인데 입은 옷은 얇고
북풍이 벌판에서 불어오는데

차가운 해는 쓸쓸히 저물려 해서,
홀로 띠집으로 돌아가니
슬픔과 한이 어찌 끝이 있으리오.

한국 조선중기의 시인 권필은 현실 비판의 시를 짓는 데 앞선 사람이다. 여기서는 길을 가다가 여인이 울고 있는 것을 보고, 왜 우느냐고 물어 대답한 말을 적었다. 밖으로 나가 우연히 만나게 된 사람이 시인을 깨우쳐 준다고 한 것이 위에서 든 시 세 편과 같다.

여인이 하는 말을 듣고 마음을 크게 열고 현실의 참상을 받아들였다. 여인이 남편은 군인이 되어 나가 소식이 없다고 했다. 임진왜란 직후여서 흔히 있는 일이었다. 시부모를 모시고 어린 자식을 키우며 홀로 살아가는데 먹을 것도 입을 옷도 없다고 했다. 가난한 사람들의 살림살이는 언제나 그런데, 남편이 없어 일손이 모자라므로 해결할 길이 없다.

여인의 말을 듣고 함께 애통해할 뿐이었다. 해결책을 찾을 수 없다. 자기가 도와주면 잘 될 수 있는 것은 아니고, 나라에서 무엇을 잘못했으며 장차 어떻게 해야 하는지 말하지도 않았다. 시인은 신음 소리를 듣고 전하는 사람일 따름이다.

라비아리벨로Jean-Joseph Rabearivelo, 〈**자갈돌**Galets〉

Peuple d'ombres, mes amis,
vous dont les lèvres ne sont plus
que des pétales réduits en cendres
puis dispersés comme poussière
et confondus avec l'humide
et froide terre de silence
qui vous enserre sous les fleurs
et fait de vous quelle pâture

stérile et vaine, destinée
aux racines ivres de terreau!

Peuple d'ombres, mes amis,
vous, les trop aimés des dieux
et qu'ils nous ont ravis tandis
que vos bras s'unissaient aux nôtres
pour ceindre d'amples couronnes
le front des Sœurs mélodieuses,
ah! ne m'entourez pas trop
et que les cadences de vos chants,
si belles d'être suspendues,
et si beaux d'être inachevés,
n'aient sur moi, près de ce fleuve
que je me refuse à passer,
nul attrait sirénien!

Ou bien faites que la cire
scellant les coquilles de mes oreilles
ne se fonde pas de sitôt
ni avant que ma frêle barque
soit amarrée en terre ferme!

Sous les palmiers, devant les sites
aimés de nous et des oiseaux,
vos cadences suspendues
et vos chants inachevés
revivront au bout de mes lèvres
d'une vie exultante de triomphe :
ils y pendront comme des fleurs
qu'aux dieux dont vous êtes captifs,
larcin d'un autre Prométhée,
des mains humaines auraient ravies!

어둠 속의 민중, 나의 동류여,
그대들의 입술은 타들어가,
재가 되고 마는 꽃잎인가,
먼지가 되어 흩어지는가.
침묵하고 있는 대지의
차디찬 물기에 사로잡혀,
위의 꽃들을 위한 거름 노릇을
보람 없이 헛되이 하면서,
아래로만 내려가는 운명인가,
부엽토에서 정신 잃은 뿌리에까지.

어둠 속의 민중, 나의 동류여,
신들의 사랑을 넘치게 받아,
우리 모두 팔짱을 끼고
커다란 화환을 두를 때,
아름다운 노래를 부르는
누이들의 이마를 앗아갔다.
아, 나를 너무 둘러싸지 말아라,
그대들이 부르던 노래
그 아름다운 소리가 끊어지고,
그 아름다운 가락이 잘렸다.
이제 내게 남아 있는 것은
건너고 싶지 않은 강뿐이다.
이 물소리는 아무 매력도 없다!

그 소리 듣기 싫으니
내 귀를 밀랍으로 막아라.
서둘러 떼지 말아라.
내 작은 배를 끌어다가
육지에 결박해 둘 때까지는.

종려나무 아래, 유적 앞에서,
우리의 사랑, 새들의 사랑을 받으며,
그대들의 끊어진 소리가,
그대들의 잘린 가락이
내 입술에서 되살아나리라,
승리해 얻는 활력을 지니고.
그대들은 꽃인 듯이 매달리리라,
사로잡고 있는 신들에게.
또 하나의 프로메테우스 좀도둑을
사람들이 손으로 낚아채리라!

라비아리벨로는 아프리카 마다가스카르의 시인이다. 모국어 말라가시(Malagasy)어로도 시를 썼지만, 프랑스어 시 창작에 더욱 힘쓰다가 비난을 받고 자결했다. 이에 관한 설명을 《유랑의 노래》에서 했으므로 되풀이하지 않는다.

〈자갈돌〉이라는 제목의 연작시 가운데 하나이다. 자갈돌이 무슨 뜻인지 다 읽어보아야 알 수 있지만, 이해를 돕기 위해 미리 살핀다. 자갈돌처럼 무시되고 미천하며, 짓밟히고 시련을 겪지만 강인한 의지를 가지고 무엇이든 할 수 있는 사람들을 두고 지은 시라고 할 수 있다.

식민지 통치자는 보고도 무슨 말인지 모르도록 했기 때문인지, 이 시는 고도의 상징적 수법을 사용해 이해하기 어렵고 번역하기는 더 어렵다. 이 난관을 해결하기 위해 유의한 사항을 먼저 말한다. 행의 길이를 줄이려고 생략한 말을 보충해 앞뒤가 이어지도록 한다. 관계대명사로 연결시켜 놓은 종속절들을 독립시켜 발상이 앞으로 나아가도록 한다. 그러면서도 원문처럼 번역시도 행의 길이가 짧고 가지런하게 하려고 노력한다.

제1연에서는 "어둠 속의 민중"이라고 한 "나의 동류", 식민지 통치를 받고 있는 자국민의 시련을 말했다. 민중과의 동류의식을 다지면서 함께 고민하자고 했다. 민중은 시련이 격심해 꽃잎 같은 입술이 타들어가 재가 된다는 비유와 연결되는 심상을 사용하면서 힘들게 사는 처지에 대해 더 말했다. "위의 꽃들"이라고 한 이상과는 거리가 너무 멀어 보람 없는 희생이 되고 만다고 한 것 같다.

제2연에서는 좋은 시절이 간 것을 한탄했다. "신들의 사랑을 넘치게 받아""우리 모두 팔짱을 끼고", "커다란 화환을" 두르고, "아름다운 노래를" 부르는 시절이 있었으나, 이제는 아주 사라졌다고 했다. "아름다운 노래를 부르는 누이들", "이마"가 예쁜 여인들은 행복하던 시절에 벌이던 축제의 주역이었다. 노래가 끊어졌다는 것이 국권 상실이다.

제2연에서 "나를 너무 둘러싸지 말아라"라고 한 것은 끊기고 잘린 노래가 너무나도 생생하게 남아 있어 괴로우니 조금은 벗어나게 해달라고, 그 기억에게 하는 말로 이해된다. 노래는 사라지고, 흐름이라는 공통점이 있어도 즐거움과 괴로움의 차이가 극과 극인 강, 건너고 싶지 않은 강이 운명처럼 앞에 있다고 했다.

강이 예사 강이 아니다. 강물이 흐르는 소리가 들리면 건너고 싶으니 귀를 밀랍으로 막아달라고 하고, 건너 갈 수 없게 작은 배를 육지에 결박해 둔다고 했다. 프랑스의 식민지통치를 받아들여 혜택을 받고 진출하는 것을 강을 건너는 데 견준 것 같다. 작은 배는 그럴 수 있는 능력이다. 프랑스어를 잘 하는 능력으로 시를 쓰면서 강을 건너가지 않겠다고 다짐했다. 모순에 찬 자기제어이다.

제4연에서 든 "종료나무"는 죽음을 이기는 삶의 승리를 상징한다. "유적"은 자랑스러운 역사의 자취이다. "새들"은 희망을 달성하는 비약을 말해준다. "그대들을 사로잡은 신들"에게 "꽃인 듯이 매달리리라"고 하는 말로 조국 해방을 나타냈다. "신들"은 수호자이고 정신이다. 제1연에서 "재가 되고 마는 꽃잎", "위의 꽃들"로 만든 비유를 다시 사용해, 여기서는 새롭게 피어나 신들에게 매달리는 꽃으로 광복을 이룩해 소생하는 기쁨을 말했다.

"또 하나의 프로메테우스 좀도둑"은 식민지 통치자 프랑스를 드러나지 않게 지칭하는 말이다. 프랑스가 마다가스카르의 신성한 주권을 탈취한 것이 프로메테우스가 천상의 불을 훔쳐 지상으로 옮긴 것과 같은 짓이지만, 격이 낮아 "좀도둑"이라고 했다. 천신 제우스가 프로메테우스를 벌줄 때에는 대단한 힘을 과시해 야단스러운 방법을 썼으나, 자기 주위의 예사 사람들이 무기랄 것을 사용하지 않고 "좀도둑"을 "손으로" "낚아챈다"고 했다.

놀라운 상상이고 표현이다. 유럽인이 자랑하는 거창한 신화를 불러다가 뒤집기를 가볍게 했다. 자기네 말로 시를 썼으면 알려지지 못할 보물을 유럽인의 언어를 사용해 만천하에 내놓았다. 아프리카인은 미개하고 지능이 낮다는 거짓 선전을 뒤집는 최상의 증거를 제시했다.

제2장
고민을 떠안고

두보(杜甫), 〈**석호리**(石壕吏)〉

暮投石壕村
有吏夜捉人
老翁逾牆走
老婦出門迎
吏呼一何怒
婦啼一何苦
聽婦前致詞
三男鄴城戍
一男附書至
二男新戰死
存者且偷生
死者長已矣
室中更無人
惟有乳下孫
有孫母未去
出入無完裙
老嫗力雖衰
請從吏夜歸
急應河陽役
猶得備晨炊
夜久語聲絕
如聞泣幽咽
天明登前途
獨與老翁別

날 저물어 석호촌에 묵었더니,
밤이 되자 관리가 사람을 잡아가네.
할범은 담을 넘어 도망가고,
할멈이 문을 열고 나와 보네.
관리 소리 어찌 그리 노여울까,
할멈 소리 어찌 그리 괴로울까.

할멈이 나서서 하는 말 들어보니,
"세 아들이 업성 싸움에 출정했다오.
첫째 아이가 편지를 보냈는데,
둘째 아이는 최근에 전사했답니다.
남은 아이는 어떻게든 살겠지만,
죽은 아이는 영영 그만이지요.
집안에 다른 사람이라고는 없고,
젖먹이 손자가 있을 뿐이고.
며느리가 아직 떠나지 않았는데,
출입할 때 입을 치마가 없는 탓이요,
할미가 비록 힘은 쇠약하지만
나리를 따라 밤에 떠나리다.
하양의 부역에 급히 응해서
새벽밥은 지을 수 있을 거요."
밤이 깊으니 말소리 그치고
흐느끼는 울음 들리는 듯했다.
날이 밝아 길을 나설 때
오직 할범하고만 작별을 했다.

중국 당나라 시인 두보가 지은 이 시는 농민의 수난을 다룬 고전적인 작품으로 잘 알려져 있다. 자유의지를 무시하고 아무런 보상도 없이 어느 때든지 강제로 징발되어 싸움터에 나가야 하는 것이 참상의 핵심을 이루었다. 같은 일이 다른 여러 곳에서도 계속 있었으므로 공감의 폭이 넓다.

"업성"과 "하양"은 하남성에 있는 지명이다. 반란군이 있어 전투가 치열하던 곳이다. 정부군의 병력을 보충하기 위해 관원이 아무나 잡아가는 횡포를 자행했다고 시인 두보가 이 시에서 말했다. 우연히 투숙하게 된 마을에 있었던 일을 그대로 전하는 방식을 사용해 시인은 목격한 것을 안타깝게 여겨 보고하고 고발했다. 서두에서 상황 설명을 간략하게 했다. 밤에 관리가 사람을 잡으러 마을에 오자 할범은 담을 넘어 도망치고, 할

멈이 문을 열고 나와 보았다고 했다. 마지막의 대목에서 이튿날 아침 자기가 떠나갈 때 할범하고만 작별을 했다고 한 것은 관리가 할멈을 데리고 갔다는 말이다.

"관리 소리 어찌 그리 노여울까"라고만 하고, 무슨 말을 했는지 구체적으로 밝히지 않았다. 밝히면 불경스럽게 되고, 밝히지 않아도 독자가 알 수 있기 때문이다. 관리의 노여움을 달래는 할미의 괴로운 말만 길게 들려주는 것이 효과적인 방법이다. 아들 셋을 이미 전장에 내보내 한 아들은 전사하기까지 한 할미가 자기를 징집해 데려가라고 하면서 나섰다. 도망친 할범을 보호하기 위해 희생자가 되기로 한 것이다. 백성을 괴롭히는 권력의 횡포가 어느 정도에 이르렀는지, 시인이 나서서 언성을 높이지 않고 할멈의 작심을 통해 조용하게 전했다.

뛰어난 수법으로 설득력 높은 시를 지었다고 높이 평가된다. 그러나 시인의 위치에 대해서는 의문이 있다. 마을을 찾아 투숙한 시인은 관리가 잡아갈 만한 젊은 남자인데 어떻게 해서 무사했는가? 관리가 보지 못했는가? 지체가 높아 징집 대상이 아니었나? 어느 쪽이라고 해도 납득하기 어렵다. 전하는 말을 듣고 안 사실을 현장에서 목격한 듯이 말한 것은 아닌가?

이런 의문이 더 큰 의문을 가져온다. 시인은 상층과 하층, 가해자와 피해자, 그 어느 쪽인가? 그 어느 쪽도 아닌 제3자여서 관찰하고 증언하고 항변할 수 있다고 생각했던가?

안축(安軸), 〈**강릉도에 부임하는 임무를 맡고**(天曆二年五月受江陵道存撫使)〉

讀書求道竟無成
自愧明時有此行
但盡迂疎施實學
敢將崖異盜虛名
民生塗炭知難救

國病膏肓念可驚
耿耿枕前眠未穩
臥聞山雨注深更

글 읽어 도를 구해도 끝내 이룬 바 없으니,
스스로 부끄러워라, 밝은 시대에 이런 행색이구나.
성글더라도 오직 실학을 펴는 데만 힘쓸 일이지,
어찌 남다르게 나서서 헛된 이름을 도적질하겠나.
민생이 도탄에 빠져 구하기 어려운 줄은 알지만,
나라의 병도 고질이 되어 생각하니 놀라워라.
근심으로 지새는 침석이라 잠이 편치 않은데,
누워서 듣노라니 산중의 비는 밤 깊도록 퍼붓네.

안축은 고려 후기의 시인이다. 이 시에서 오늘날의 강원도인 강릉도를 다스리는 존무사의 직책을 맡아 개경을 떠난 날 시골 역에서 밤을 보내면서 느낀 바를 나타낸다고 했다. 번역하지 않은 제목의 연도는 1328년이다. 관직을 얻은 기쁨을 말하거나 산중에서 빗소리를 듣는 감회를 읊조릴 처지가 아니었다. 자기가 무엇을 해오고 할 수 있는지 심각하게 반성해야 했다. 글을 읽고 유학의 도리를 익혀 이룬 바가 없다고 탄식했다. 현실을 바로잡는 실학을 하겠다고 다짐했으나, 실제로 경험하는 사태는 너무나 악화되어 자기 힘으로는 감당하기 어렵다는 것을 통감하지 않을 수 없었다.

관직을 맡는다고 해서 나라를 바로잡고 문제를 해결할 수 있는 것은 아니었다. 실질적인 도움은 주지 못하고 극도로 시달리는 백성들의 참상을 보고 개탄하는 시를 지어 해야 할 일을 하지 못하는 무력함을 달랬다. 금강산의 경치를 유람하러 찾아오는 고관들을 맞이하고 시중을 드느라고 근처 주민의 고통이 누적된다고 했다. 인삼이나 소금 같은 특산물이 고통을 가중시키는 사정을 마음 아프게 여겼다. 당면한 문제를 해결하지는 못하고 현실 고발을 임무로 삼는 시인이 되었다.

이규보(李奎報), 〈**농부를 대신해 읊는다**(代農夫吟)〉

帶雨鋤禾伏畝中
形容醜黑豈人容
王孫公子休輕侮
富貴豪奢出自儂

新穀青青猶在畝
縣胥官吏已徵租
力耕富國關吾輩
何苦相侵剝及膚

비 맞고 김을 매며 밭이랑에 엎드리니
검고 추악한 몰골이 어찌 사람의 모양인가.
왕손공자들이여, 우리를 업신여기지 말라.
부귀와 호사는 우리로부터 나온다.

햇곡식 푸릇푸릇 아직 밭에 있는데
현의 서리는 벌써 조세를 징수하는구나.
힘써 일하는 부국 우리에게 달렸는데
어찌 괴롭게 침탈하고 살마저 벗기는가.

한국 고려시대 시인 이규보는 농민의 말을 우연히 전하지 않았다. 자기의 임무를 분명하게 자각하고 이런 시를 지었다. 상층의 위치에 있어 한시를 지으면서 하층의 대변자가 되기로 하고, 농부가 할 말을 자기가 맡아 세상에 알리려고 이런 시를 지었다. 길지 않은 사설에 상하층의 관계가 명백하게 나타나 있다.

농부가 험한 꼴을 하고 괴롭게 일한 덕분에 왕손공자라고 한 상층이 호사를 누린다고 했다. 힘써 일해 부자 나라를 만드는 것이 농부가 하는 일인데, 곡식이 익기 전에 국가에서는 세금부터 거두어 피폐하게 만든다고 했다. 농부가 힘들게 짓는 농사가 유일한 생업인데, 그 과실을 상층이 앗아가고서 농부를 업신여기고, 국가에서 세금을 지나치게 거두어 농부의 생존을 위협한다고 했다. 노동의 성과를 차지하는 쪽이 지분을 늘리려고 노동을 하기 어렵게 만드는 모순을 빚어낸다고 했다.

정추(鄭樞), 〈**부패한 관리**(汚吏)〉

城頭烏亂啼
城下汚吏集
府牒昨夜下
豈謝行路濕
窮民相聚哭
子夜誅求急
舊時千丁縣
今朝十室邑
君門虎豹守
此言無自入
白駒在空谷
何以得維縶

성 무리에서는 까마귀떼 울부짖고,
성 아래에는 탐관오리들이 모였다.
관청 공문 어젯밤에 내려왔으니
어찌 길에서 이슬 젖는 것을 사양하리.
곤궁한 백성 모여서 울부짖는데,
한밤에 백성 착취하기 급하구나.
예전에는 장정이 천명이던 고을이
오늘 아침에는 열 집뿐인 마을이네.
임금의 문은 호랑이나 표범이 지켜
이 말이 순조롭게 들어갈 수 없네.
백마 같은 인재 빈 골짜기에 있으나

무엇으로 그들에게 굴레를 맬 수 있나.

정추는 한국 고려후기의 시인이다. 부패한 관리들이 농민을 괴롭히는 것을 보고 탄식했다. 빈 골짜기에 버려져 있는 유능한 인재를 등용해야 빈민의 참상을 임금에게 전하고 구제하는 방법을 찾을 수 있다고 했다. 인재는 있으나 등용할 방도가 없다고 했다.

짠 응우옌 단(陳元旦), 〈**임인년 유월에 짓다**(壬寅年六月作)〉

年內夏旱又秋霖
禾熇苗傷害轉深
三萬卷書無用處
白頭空負愛民心

몇 해나 여름 가뭄과 가을장마로
벼가 타고 싹이 상해 해가 심하다.
삼만 권이나 되는 책 쓸 데 없도다.
백두로 공연히 백성 사랑하는 마음이다.

이 사람은 14세기 월남시인이다. 시인으로 이름이 높은 응우옌 짜이(阮廌)의 외조부이다. 임인년은 1362년이다. 일찍 관직에 올랐다가 정치가 마음에 들지 않아 물러났다. 백두는 벼슬을 하지 않고 있다는 뜻과 늙었다는 뜻을 함께 지니고 있다.

원천석(元天錫), 〈**백성을 대신해 읊는다**(代民吟)〉

生涯寒似水
賦役亂如雲

急抄築城卒
兼抽鍛鐵軍
風霜損和稼
縷雪弊衣裙
未忘妻孥養
心煎火欲焚

생애는 물처럼 차갑기만 하고,
부역은 구름인 양 엉클어졌네.
성 쌓는 졸개를 급히 뽑더니,
대장장이도 함께 징발하네.
바람과 서리가 농사일을 망치고,
줄곧 내리는 눈에 옷마저 해졌네.
처자 부양하는 일은 잊을 수 없어,
마음이 조급해 불 타들어가려고 한다.

원천석은 고려가 망하자 조선왕조에서 벼슬 사는 것을 거부하고 산중에 깊이 숨은 시인이다. 백성을 대신해서 읊었다는 이런 시가 남의 말이 아니다. 자기 처지도 그리 다를 바 없어 기막힌 실정을 정확하게 파악하고 조급한 심정을 함께 가졌다.

시달리며 사는 백성이 조선왕조가 들어섰다고 해서 고통에서 벗어날 수 없었다. 자기 자신에게 닥쳐오는 어려움을 해결할 방도도 생기지 않았다. 관직을 맡지 않았으니 자기가 어떻게 해보지 못하고, 국가에 청원하려는 것도 아니다. 백성을 대변하는 시를 지어 널리 알리고 후세에 남기는 것을 시인이 할 일로 삼았다.

서거정(徐居正), 〈**추운 밤의 노래**(寒夜吟)〉

寒窓故故冬夜永
風饕雪虐天氣惡

紙帳薄薄未遮寒
三幅冷衾堅似鐵
幽人獨坐耿無寐
疎髥颯爽層氷結
茶甌藥甁凍不溫
瓦盆濁酒寒欲裂
童奴衣鶉無完裙
小婢破衫足無襪
東鄰有家富且慳
自言一生不識寒
虎幕狸帳襲重重
滿眼花罽紅猩毾
身上倒披黑貂裘
穩斟美酒生春柔
鴛鴦帳暖合懽牀
但願長夜長復長
嗚呼噫嘻寒夜遲
此苦富家寧得知
君不見宮門虎柝守寒更
左手執鼓右手鉦
鐵衣生氷肌骨折
長夜如年天未明
兩處苦樂逈不同
天工造物還不公
我今中夜三嘆息
哀吟啾咽如寒蛩

차가운 창문 그대로라 겨울밤이 길기도 한데,
눈보라가 사납게 몰아쳐 천기도 나쁘구나.
종이 장막 너무 엷어 추위를 가리지 못하고
세 폭 냉랭한 이불은 무쇠처럼 빳빳하다.
숨은 선비 홀로 앉아 근심으로 잠 못 이루고,
성긴 수염엔 고드름이 겹겹으로 얼어붙었다.

차 사발과 약 단지는 얼어서 온기 없고,
탁주 담은 질동이는 얼어 터질 것 같다.
종놈은 옷이 다 해져 온전한 바지가 없고,
계집종은 터진 적삼에 버선도 못 신었구나.
동쪽의 이웃 부자이면서도 인색해
스스로 말하길 일생에 추위를 모른다네
범이나 살쾡이 장막을 겹겹으로 두르고
눈에 가득 꽃 놓은 융단과 붉은 털 담요
몸에는 검은 담비 갖옷 뒤집어 입고서
좋은 술 조용히 마시어 봄기운 음미하고
원앙장 둘러쳐 부부 침상 따뜻하게 하고
긴긴밤이 길고 더 길어지라고 바랄 뿐이다.
아아, 한탄스럽다 추운 밤이 더디구나
이런 고통을 부자가 어떻게 알 수 있으리
그대는 못 보았나, 궁문에서 호랑이 딱따기 치는 야경꾼은
왼손엔 북을, 오른손엔 징을 든 채로
철갑옷에 얼음 얼고 살과 뼈가 끊어지는데,
하룻밤이 일 년 같아 날이 얼른 새질 않네.
빈부 양쪽의 고락이 아주 서로 다르니,
만물을 창조한 하늘이 되레 공평하지 않구나.
나는 지금 한밤중에 세 번 탄식하면서
슬피 부르짖는다, 찬 귀뚜라미처럼.

서거정은 한국 조선 초기 관원이고 시인이다. 여섯 왕을 섬기고 45년 동안 봉직하면서 23차에 걸쳐 과거 시험을 관장해 많은 인재를 뽑았다. 추위를 견디면서 어렵게 사는 사람들 보고 근심하고 동정하는 것이 시인의 할 일만은 아니다. 사회문제를 발견하고 해결하는 것이 국정에 참여하는 사람의 임무이므로 탄식만 하고 말 것은 아니었다.

에드워즈Demeter Edwards, 〈세계World〉

Born in a world of sin
A world filled with evil from the very beginning,
Greediness and selfishness,
With the existence of poverty, unemployment, crime and disease
Caused by our own human nature,
An inevitable cycle that continues from the past to the present future
Due to the prevalence of social class segregation,
Whereby the lower, middle and upper class fights for social status elevation
In order to achieve upward social mobility,
These social classes will fight in pain and hostility,
An ideology of who is best suited to reach the top
With one class that is, (proletariat) continued to be oppress,
While the bourgeoisie continues to be the dominant class to reap success,
A society filled with greed and self-interest
Every person wants that recognition,
They will always battle each other to reject sorrow and oppression,
That's the reason why the world will always remain in war, famine and terror
Due to human beings error,
A world divided in segments of continent,
With different nation or countries having differentiated political style of government,
As well as structure, numerous types of culture and upcoming new subculture,
With every one wanting that one thing riches, prestige and fame,
A reward which symbolizes their name.

죄악 세상에 태어났다.

처음부터 악으로 가득 찬 세상,
탐욕과 이기심,
빈곤, 실업, 범죄, 질병,
인간성이 빚어낸 것들.
과거에서 미래까지 계속 순환된다.
사회 계급 구분이 극심해,
하층, 중간층, 상층 모두 상승을 위해 다툰다.
위로 올라가는 사회 변동을 성취하려고,
적대감을 가지고 고통스럽게 싸우려고 한다.
꼭대기 도달에 적합한 이념이 있어,
무산계급은 계속 억압당하고,
자산계급은 줄곧 지배적인 위치에서 성공을 획득한다.
탐욕과 이기심으로 가득 찬 사회,
모든 사람이 그 점에 관해 인지하기를 바라고,
슬픔과 억압은 거부하려고 언제나 싸운다.
그래서 세상에는 전쟁, 기아, 공포가 있다.
인간성이 잘못 된 탓이다.
세상이 대륙으로 분할되고,
나라마다 정치 방식이나 정부 형태가 다르다.
사회구조, 문화 유형, 형성 과정의 하위 유형까지.
그러면서 누구나 부자 되고, 뽐내고, 유명해지는 것
단 하나, 이름을 상징하는 포상만 바란다.

에드워즈는 자마이카 시인이다. 자기 나라를 찬양한 노래를 《실향의 노래》에서 들었다. 이 시에서는 세계가 온통 잘못 되었다고 한탄했다. 산문적인 언어를 사용해 서술로 일관하고 시다운 시를 지으려고 하지 않았다. 인간성이 빚어낸 결과로 모든 사람이 잘못 되었다고 하니 어쩔 도리가 없다. 비관에 머무르고 해결이나 전망은 없다.

암파르쉼양Sarven Hamparsumyan, 〈연민La compassion〉

Chaque souffrance est la nôtre
Pas celle des autres
Car nous sommes identiques
Membres d'un genre unique
Toutes les mains sont précieuses
Pour les âmes malheureuses
C'est ainsi qu'il faut la tendre
Sans rien attendre
Ceux qui se haïront
Jamais ne se comprendront
Tirons un trait sur les rancœurs
Apaisons les cœurs
Des gens qui veulent se reconstruire
Après avoir connu le pire

어떤 고통이라도 우리 것이고
남들의 것은 아니다.
우리는 모두 같고
단일 집단의 구성원이기 때문이다.
모든 사람의 손이 소중하다.
불행한 넋을 위해
당겨주어야 한다,
기다리지 말고.
자기를 미워하는 사람들은
결코 이해하지 못하리라.
적개심은 말소하고
마음을 진정하자.
되살아나기를 바라는 사람들아,
최악의 것을 겪고서.

암파르쉼양은 터키계 프랑스 젊은 시인이다. 너무나도 쉬운 표현으로 놀라운 말을 했다. 이질적인 세계에서 어렵게 지낼 수 있는데, "어떤 고통이라도 우리 것"으로 하고, "적개심은 말소하고" 서로 소중하게 여기면서 함께 살자고 했다.

앞선 사람들이 좋은 말을 다 해서 늦게 태어나 시를 짓겠다고 하는 것은 무리라고 생각하지 말아야 한다고 일깨웠다. 나날이 새롭듯이 시도 다시 태어나 더 큰 일을 할 수 있다는 것을 보여주었다. 이 책 전체의 주제를 요약한 것 같은 말을 했다. "서정시 동서고금 모두 하나"의 근거를 말해준다고 할 수 있다.

제3장
힘들게 사는 사람들

이학규(李學逵), 〈**양수척**(楊水尺)〉

楊水尺
汝亦人之子
胡爲乎生男爲人奴
生女爲人婢
楊水尺
汝亦天之民
胡爲乎男不爲詩禮
女不爲組
屠牛織柳自生理
不齒人誰其使
君不聞
東丹鐵騎東津
又不聞
假倭熢市行掠人
楊水尺
苟亦天之民人之子
中藏怨毒固其理

양수척이여
너도 사람의 자식인데,
어째서 남자는 나면 종이 되고,
여자는 나서 종년이 되는가?
양수척이여,
너도 하늘의 백성인데,
어째서 남자는 시와 예를 배우지 못하고,
여자는 베 짜는 것을 할 수 없는가?
소 잡고 고리 짜는 것을 생리로 삼아.
사람 축에 끼이지 못하니 누구 탓인가?
그대는 듣지 못했는가?
거란의 철기가 동쪽 나루로 침범했던 일을.

또 듣지 못했는가?
왜구로 꾸며 연등놀이 저자에서 행패를 부린 일을.
양수척이여,
진실로 하늘의 백성 사람의 자식이
속에 원한의 독을 품은 것이 당연하구나.

이학규는 한국 조선후기 시인이다. 양수척이 천민이라는 이유에서 겪는 차별을 문제 삼았다. 양수척도 사람의 자식이고 하늘이 낸 백성인데, 차별하는 것이 부당하다고 했다. 앞에서는 양수척에게 말하다가, "그대는 듣지 못했는가?"라고 한 데서는 차별하는 사람들에게로 말머리를 돌렸다. 양수척이 천대에 견디다 못해 거란의 침입에 가담하고 왜구 흉내를 내며 관등놀이 때에 행패를 부린 일은 고려 때에 있었다. 천대를 하니 그럴 수밖에 없다고 했다.

허균(許筠), 〈**늙은 떠돌이 아낙의 원망**(老客婦怨)〉

東州城西寒日曛
寶蓋山高帶夕雲
皤然老嫗衣藍縷
迎客出屋開柴戶
自言京城老客婦
流離破產依客土
頃者倭奴陷洛陽
提携一子隨姑郎
重跡百舍竄窮谷
夜出求食晝潛伏
姑老得病郎負行
蹠穿崢山不遑息
是時天雨夜深黑
坑滑足酸顚不測

揮刀二賊從何來
闖暗躡蹤如相猜
怒刃劈脰脰四裂
子母併命流寃血
我挈幼兒伏林藪
兒啼賊覺驅將去
只餘一身脫虎口
蒼黃不敢高聲語
明朝來視二骸遺
不辨姑屍與郎屍
烏鳶啄腸狗嚙骼
虆梩欲掩憑伊誰
辛勤掘得三尺窖
手拾殘骨閉幽坎
煢煢隻影終何歸
隣婦哀憐許相依
遂從店裏躬井臼
餽以殘飯衣弊衣
勞筋煎慮十二年
面黧髮禿腰脚頑
近者京城消息傳
孤兒賊中幸生還
投入宮家作蒼頭
餘帛在笥囷倉稠
娶婦作舍生計足
不念阿孃客他州
生兒成長不得力
念之中宵涕橫臆
我形已瘁兒已壯
縱使相逢詎相識
老身溝壑不足言
安得汝酒澆父墳
嗚呼何代無亂離
未若妾身之抱寃

동주성 서쪽 차가운 해 저물고,
보개산 높이 저녁 구름 걸려 있다.
머리 센 할미 남루한 옷차림을 하고,
손님 맞으려고 방을 나와 사립문을 열어준다.
스스로 말하기를, 서울 살던 늙은 아낙인데,
파산하고 떠돌아 객지에 사는 신세가 되었다오.
저번에 왜놈들이 서울을 함락할 때에
어린애 데리고 시어머니와 지아비를 따라,
거듭 비틀거리며 먼 길 궁벽한 골짜기에 숨어
밤에 나와 구걸하고 낮에는 엎드려 있었다오.
시어머니는 병들어 지아비가 업고 걸으며
높은 산 접어들자 쉴 겨를도 없었다오.
그때 하늘에 비가 오고 밤은 깊고 어두웠다오.
웅덩이 미끄럽고 다리 아파 깊은 곳에 굴렀더니,
칼 든 도적 두 놈이 어디에선가 나타나
서로 시기하는 사이인 양 어둠을 타고 뒤를 밟아 와서,
노한 칼로 내리쳐 머리 둘을 온통 찢어놓으니,
모자가 함께 죽으며 원한의 피를 흘렸다오.
나는 어린아이를 끌고 덤불 속에 엎드렸다가,
아이 울음에 들켜 잡혀가고 말았다오.
내 한 몸 겨우 남아 호랑이 굴을 벗어나고는,
허둥지둥 경황없어 소리 높여 말조차 못했다오.
다음 날 아침 와서 보니 두 시체 버려져,
시어머니인지 남편인지 분간할 길 없었다오.
솔개와 까마귀 창자 쪼고, 들개는 살 뜯는데,
삼태기와 흙 수레로 덮으려고 해도 누가 도와주나요.
석 자 깊이 구덩이를 힘들여 겨우 파서,
남은 뼈골 손으로 모아 무덤을 만드니
의지 없이 외로운 그림자 어디로 돌아갈까.
이웃 아낙 슬피 여겨 함께 살자 해서,

이 주막에 더부살이하며 방아 찧고 물 긷는다오.
남은 밥 먹여 주고 낡은 옷 입혀 주어
지치고 마음 졸이며 지낸 열두 해라오.
주름진 얼굴, 빠진 머리, 허리도 다리도 뻐근하다오.
근래에 서울 소식 드문드문 들려오는데,
내 불쌍한 아이는 적중에서 다행히도 살아나,
대궐에 들어가서 창두가 되었다고 하오.
옷장에는 남은 비단, 창고에는 곡식 가득,
장가들고 집 마련하여 생계가 풍족하다 하는데,
타향살이 나그네 처지라 제 어미 생각 못한다오.
낳은 아들 성장해도 그 덕을 보지 못하고,
생각하면 한밤중에 눈물이 가슴 적신다오.
내 꼴은 다 시들고 아들은 이미 장년이 되었다니,
설사 서로 만나더라도 알아볼 수 있겠어요.
이 늙은 몸이야 구렁에 버려져도 그만이지만,
너의 술 얻어 아비 묘에 올려볼 수 없겠나.
아 슬프구나, 어느 시대인들 난리야 없으랴만
이 아낙이 품은 것 같은 원한 전에는 없었다오.

허균은 한국 조선시대 시인이다. 원래 서울 살다가 임진왜란이 일어나 피란을 떠나 밤에는 구걸하고 낮에는 숨어 지냈다가, 시어머니와 남편은 왜적에게 피살되고 겨우 살아나 비참하게 연명하는 떠돌이 아낙이 술회하는 말을 전했다. 자기는 아이를 데리고 숨었다가 아이 우는 소리 때문에 들켜 왜적에게 잡혔는데, 그 아이가 죽지 않고 살아 서울에서 잘 되었다는 소문이 들려도 만나보지 못하는 것이 또한 한탄스럽다고 했다. 전쟁의 피해가 무엇인지 아주 실감나게 말했다.

"동주성"은 평안북도 벽동군 동주리에 있는 성이다. "보개산"은 그 근처에 있는 산이다. 서울 살던 일가족이 거기까지 피란 가서 화를 당했다. "창두"는 종이다. 대궐의 종이 된 것을 큰 출세로 여겼다.

빌러Bruno Wille, 〈가여운 사람들Arme Leute〉

Bei düstern Heidekiefern
Stehn spärlich magre Ähren,
Sie saugen an dürrem Sande,
Verzweifelnd, sich zu nähren.

Da kauert ein lehmig Häuschen
Mit Düngerhaufen und Karren.
Kläglich meckert die Ziege,
Und struppige Hühnchen scharren.

Aus der Türe humpelt ein krummer
Kleinbauer, empor zu spähen
Zur bleiern schleichenden Wolke,
Zu hungrig krächzenden Krähen.

Nur karge Mitleidszähren
Vermag die Wolke zu schenken;
Dann schleicht sie trübe weiter,
Ohne Kraft, zu tränken.

Selber arm und traurig,
Folg ich der weinenden Wolke
Und denk an arme Leute
Und leide mit meinem Volke.

어둠이 깔린 들판 소나무 숲 옆에
부실한 곡식 이삭들이 서 있다.
건조한 모래에서 물을 흡수해
절망적으로 영양을 공급한다.

거기 흙으로 지은 집이 쪼그리고 있다.
거름 주는 기구, 손으로 쓰는 수레도.

염소란 놈이 슬픈 소리로 메메거리고,
대가리 헝클어진 닭이 땅을 긁어댄다.

문밖으로 허리 굽은 작은 농부가
나서면서 고개를 들어 바라본다.
납빛을 하고 구부정한 구름에서
굶주린 까마귀가 깍깍거린다.

얼마 되지 않은 동정의 눈물로
구름이나 선물하려고 하는가.
구름은 더 나빠지기만 하더니
힘없이 울먹이며 내려온다.

나도 또한 가난하고 슬퍼
저 울고 있는 구름을 쫓아간다.
가난한 사람들을 생각하며
민중과 고통을 함께 하리라.

빌러는 19세기 말에서 20세기 초까지 활동한 독일 시인이다. 노동운동과 깊은 관련을 가지고 참여시를 썼다. 이것이 참여시의 좋은 본보기인데 어조가 차분한 편이다.

농사가 보잘 것 없는 광경부터 묘사해 농부가 목숨을 겨우 잇고 있는 형편을 알려주었다. 둘째 연에서는 농가의 모습을 그리고, 농부는 다음 연에서 비로소 등장한다. 정태적인 묘사로 시를 이어나가면서 아무 변화도 없다는 것을 알아차리게 한다. 적막이 고통스럽다.

움직이고 소리를 내는 것들은 염소, 닭, 까마귀이다. 말없는 농부의 심정을 그런 것들이 나타낸다. 농부가 바라보는 것은 구름이다. 희망의 상징으로 삼고자 하는 구름도 무거워져 울음을 운다고 했다. 시인도 가난하고 슬퍼 "울고 있는 구름"을 쫓아가면서 "민중과 고통을 함께 하리라"고 다짐했다.

홍양호(洪良浩), 〈**소를 꾸짖는다**(叱牛)〉

叱牛上山去
山高逕仄牛喘息
把犁將墢土
土硬人汗犁不入
牛兮努力莫退恸
爾喘我汗亦奈何
今也不畊時不及

소를 꾸짖으며 산으로 올라가자.
높은 산 비탈길이라 소가 헐떡이는구나.
보습을 잡고 땅을 갈려 드니,
땅이 굳어 땀만 흐르고 보습은 들어가지 않네.
"소야 힘을 내라. 겁내 물러서지 말아라.
너는 헐떡이고 나는 땀을 흘려도 어찌 하랴.
지금 갈지 않으면 철이 늦으리라."

홍양호는 한국 조선후기 시인이다. 함경도 경흥부사로 재임하는 동안에 그곳 농민들 삶의 보람과 괴로움을 민요에서처럼 나타내는 연작시를 지어 〈북새잡요〉(北塞雜謠)에 수록했다. 그 가운데 하나인 이 시에서는 소를 꾸짖으며 몰고 높은 데로 올라가 밭을 가는 사람의 거동을 그렸다. 한시다운 묘사이다. 뒤의 석 줄에서는 소 모는 사람이 소에게 하는 말이다. 북쪽 지방 밭갈이노래가 소에게 하는 말로 이어지는 것을 그대로 옮겼다.

이어양(李於陽), 〈**아이를 파는 탄식**(賣兒嘆)〉

三百錢買一升粟
一升粟飽三日腹
窮民赤手錢何來

攜男提女街頭鬻
明知賣兒難救飢
認被鬼伯同時錄
得錢聊緩須臾餓
到口饔飧即兒肉
小兒不識離別恨
大兒解事依親哭
語兒勿哭速行行
兒去得食兒有福
陰風吹面各呑聲
拂漏血凝望兒目
賣兒歸來夜難寐
老烏啞啞啼破屋

돈 삼백이 있어야 서숙 한 되 사고,
한 되 서숙으로 사흘 배를 채우는데,
궁한 백성 맨주먹이라 돈이 어디서 나는가?
아들, 딸 데리고 나가서 거리에서 판다.
자식을 팔아도 굶주림 해결하기 어려워,
귀신 명부에 함께 오를 것 알고 있네.
돈을 얻어도 잠시 동안의 주림을 늦출 뿐인데,
자식의 살점으로 입에 들어가는 조석을 삼다니.
작은 아이는 이별의 서러움 알아차리지 못하고,
큰 아이는 사정 헤아려 어버이에게 기대서 운다.
말하노니, 아이야 울지 말고 어서어서 가거라.
가서 밥을 얻어먹으면, 그것이 네 복이다.
스산한 바람 부는 얼굴을 하고 각기 소리를 삼키고,
피맺힌 눈물 씻고 아이 눈을 본다.
아이 팔고 돌아온 밤에 잠들기 어려운데,
늙은 까마귀 부서진 집에서 깍깍거리고 운다.

이어양은 중국 청나라 시절 운남(雲南) 지방의 백족(白族) 시인이다. 하층민의 생활고를 처절하게 그린 작품을 여럿 남겼다. 이 작품에서는 먹을 것이 없는 가난한 사람은 자식을 팔기까지 한다고 했다.

자식을 파는 것보다 더 비참한 일은 없을 것이다. 팔려가 부모와 헤어지는 자식을 생각하면 누구나 가슴이 미어진다. 이 시에서 그린, 팔려가는 자식들 모습이 처절하다. 그러나 자식들은 팔려가서라도 밥을 먹을 수 있으면 다행이다. 부려먹으려고 사갈 터이니 굶겨 죽이지는 않을 것이다. 참담한 심정을 말했으나 헤어지지 않을 수 없는 사정이다. 자식을 팔고 집으로 돌아온 부모가 잠들기 어렵다고 하고, 까마귀 우는 소리를 곁들이는 데 그쳤는데, 많은 것을 생각하지 않을 수 없다.

이양연(李亮淵), 〈**게와 닭 괴로움**(鷄苦)〉

太守賦一蟹
未足爲民瘠
一蟹爲一鷄
萬鷄凋八域
苟然充王廚
耕牛吾不惜

태수가 게 한 마리를 세금으로 거두어서는
백성들을 여위게 할 정도는 아니었는데,
게 한 마리가 닭 한 마리로 바뀌더니,
닭 만 마리가 사방을 온통 시들게 하네.
참으로 임금님 부엌을 채우기만 한다면야,
밭가는 소를 끌어가도 나는 아깝지 않으리.

이양연은 한국 조선후기 시인이다. 〈해계고〉(蟹鷄苦)라고 하는 좀 엉뚱한 제목을 붙인 시는 이런 말로 이어진다. 제목의 뜻을 풀이하면 "게와 닭 때문에 빚어지는 괴로움"이다. 지방 관장의 수탈 때문에 살기 어렵게 된 사정을 구체적인 내용을 갖추어 아주 흥미롭게 그렸다. 반어의 수법으로 백성을 괴롭히는 횡포를 풍자했다.

정희성, 〈언 땅을 파며〉

눈 덮여 얼어붙은 허허 강벌
새벽종 울리면 어둠 걷히고
난지도 취로사업장 강바닥엔 까마귀 떼처럼
삽을 든 사람들 뒤덮인다
둑에 세운 깃발 찢어져라 펄럭이고
새마을 노랫소리 하늘로 솟았다가
북한강 상류로 가서 찬바람 몰아
강바닥에 엎드린 얼굴을 치때린다
호각 불면 엎어져 강바닥을 찍고
허리 펴면 노을 붉은 강둑이 우뚝한데
노임을 틀켜쥔 인부들은
강바닥보다 깊이 패인 얼굴
다 저녁 삽을 끌고 어디로 가나
게딱지같이 강바닥에 엎디어
언 땅 후벼 파 흙밥이나 먹으련만
내일은 동서기가 일을 줄지 모르겠다며
군에 나간 아들놈 걱정을 하고
몸서리쳐 돌아보는 강바닥은 전쟁터
패어나간 흙구덩에 핏빛 황혼 잠겨들고
까마귀 떼 몰려가는 강둑으로
바람은 북한강을 몰아다가
얼굴에 냅다 흙모래를 뿌린다

한국 현대시인 정희성은 노동자들의 삶을 이렇게 그렸다. 언 땅을 파는 일을 해야 하는 사람들의 모습을 담담하게 보여주었다. 자기가 보고 알게 된 사실이다. 전달하는 것이 시인의 임무라고 여겼다. 동정하는 말도 탄식하는 말도 하지 않았다.

프레베르Jacques Prévert, 〈**기름진 아침**La grasse matinée〉

Il est terrible
le petit bruit de l'oeuf dur cassé sur un comptoir d'étain
il est terrible ce bruit
quand il remue dans la mémoire de l'homme qui a faim
elle est terrible aussi la tête de l'homme
la tête de l'homme qui a faim
quand il se regarde à six heures du matin
dans la glace du grand magasin
une tête couleur de poussière
ce n'est pas sa tête pourtant qu'il regarde
dans la vitrine de chez Potin
il s'en fout de sa tête l'homme
il n'y pense pas
il songe
il imagine une autre tête
une tête de veau par exemple
avec une sauce de vinaigre
ou une tête de n'importe quoi qui se mange
et il remue doucement la mâchoire
doucement
et il grince des dents doucement
car le monde se paye sa tête
et il ne peut rien contre ce monde
et il compte sur ses doigts un deux trois
un deux trois

cela fait trois jours qu'il n'a pas mangé
et il a beau se répéter depuis trois jours
Ça ne peut pas durer
ça dure
trois jours
trois nuits
sans manger
et derrière ce vitres
ces pâtés ces bouteilles ces conserves
poissons morts protégés par les boîtes
boîtes protégées par les vitres
vitres protégées par les flics
flics protégés par la crainte
que de barricades pour six malheureuses sardines..
Un peu plus loin le bistrot
café-crème et croissants chauds
l'homme titube
et dans l'intérieur de sa tête
un brouillard de mots
un brouillard de mots
sardines à manger
oeuf dur café-crème
café arrosé rhum
café-crème
café-crème
café-crime arrosé sang!...
Un homme très estimé dans son quartier
a été égorgé en plein jour
l'assassin le vagabond lui a volé
deux francs
soit un café arrosé
zéro franc soixante-dix
deux tartines beurrées
et vingt-cinq centimes pour le pourboire du garçon.

그것이 끔찍하다.
주석으로 만든 계산대에서 달걀을 깨는 소리가.
그 소리가 무섭다.
배고픈 사람의 머릿속에서 그 소리가 울릴 때,
사람의 머리도 무섭다.
배고픈 사람의 머리.
그 사람이 아침 여섯 시에
백화점 진열대 유리창을 들여다보니,
먼지로 물든 머리,
보고 있는 것이 자기 머리가 아니다.
포린백화점 유리창을 들여다보며
자기 머리에 신경을 쓰지 않는다.
그것은 생각하지 않는다.
그는 생각한다.
다른 머리를 상상한다.
예컨대 암소 머리
식초 소스로 양념을 한.
먹을 수 있는 머리라면 무엇이라도 좋다.
그는 턱을 움직였다,
부드럽게.
이빨을 부드럽게 갈았다.
세상이 자기 머리에 와서 부딪혀도
어떻게 할 수 없기 때문이다.
손가락을 꼽아 센다, 하루 이틀 사흘,
하루 이틀 사흘.
사흘 동안이나 먹지 못했다.
사흘 전부터라고 되풀이해도 소용없다.
견딜 수 없다.
사흘 낮,
사흘 밤,

먹지 못했으니.
유리창 너머
파이, 병. 통조림.
상자에 들어 있는 생선.
상자는 유리창이 보호하고,
유리창은 경찰이 보호하고,
경찰은 공포감이 보호하니,
여섯 마리 불운한 정어리를 위해 얼마나 많은 보호 장치
가 있는가.
음식점에서 조금 먼 곳에는
우유 커피와 따뜻한 크롸상.
그 사람은 비틀거린다.
머릿속에서
말들이 엉킨다.
말들이 엉킨다.
식사용 정어리,
삶은 계란, 우유 커피,
술을 섞은 커피,
우유 커피,
우유 커피,
피를 섞은 커피.
그 동네에서 아주 존경받는 사람이
한낮에 도둑을 맞았다.
살인을 할 것 같은 부랑자가
그 사람의 돈을 훔쳤다,
2프랑을.
내역은 술을 섞은 커피 한 잔,
70상팀짜리
버터 바른 빵 두 쪽,
25상팀 점원에게 주는 팁.

프레베르는 프랑스 현대시인이다. 일상적인 언어로 삶의 실상을 영화 촬영을 하듯이 묘사하는 시를 쓰는 것을 장기로 삼았다. 이 시 제목 〈기름진 아침〉은 굶주림이 무엇인지 말해주기 위한 반어이다. 늦게 일어나 머리가 부수수한 사람이 허기에 시달리면서 무슨 생각을 하고 어떻게 행동하는지 정밀하게 관찰하고 묘사했다.

서두에서 계란 깨는 소리가 무섭다고 한 것은 허기져 그 소리가 너무 크게 들린다는 말이다. 백화점 진열대 유리창을 들여다보면서, 거기 비친 자기 머리를 보고 먹을 수 있는 짐승의 머리를 생각했다. 사흘이나 굶었어도 먹고 싶은 것들을 떠올릴 따름이고, 돈이 없어 가게에 진열되어 있는 음식을 사먹을 수 없다고 했다.

정신착란이 일어나는 듯하더니, 무전취식을 하고 말았다. "그 동네에서 아주 존경 받는 사람"은 식당 주인을 두고 하는 말이다. "2프랑"을 훔쳤다는 것은 그 값어치 음식을 먹었다는 말이다. 내역을 드는 데 점원에게 주어야 하는 팁까지 포함되어 있다. 2프랑은 200상팀이다. 빵이 70상팀, 팁이 25상팀이라고 계산했으니, 커피는 105상팀이다. 커피 한 잔, 빵 두 쪽을 먹고 "살인을 할 것 같은 부랑자"로 취급되었다. 그 뒤에 어떻게 되었는지 말이 없으나, 당연히 경찰에게 잡혀갔을 것이다.

제4장
농민의 수난

이신(李紳), 〈**농민을 근심한다**(憫農)〉

春種一粒粟
秋成萬顆子
四海無閒田
農夫猶餓死

鋤禾日當午
汗滴禾下土
誰知盤中餐
粒粒皆辛苦

봄에 한 알 씨 뿌리면
가을에 만 알을 거둔다.
사방에 놀리는 땅은 없는데,
농부는 그래도 굶어죽는다.

김매는데 해는 대낮
땀이 벼 아래의 흙에 떨어진다.
누가 아는가, 그릇에 담긴 밥이
알알이 모두 괴로움인 것을.

이신은 중국 당나라 시인이다. 농민의 수난을 간명하고 인상 깊게 노래했다. "봄에 한 알 씨 뿌리면 가을에 만 알을 거둔다"고 하고, 놀리는 땅이 없이 일하는데도 "농부는 그래도 굶어 죽는다"고 한 말에 착취당하는 원통한 사정이 요약되어 있다. "누가 아는가, 그릇에 담긴 밥이 알알이 모두 괴로움인 것을"이라는 마지막 구절에서 농민의 수고를 알고 밥을 먹으라고 깨우쳤다.

백거이(白居易), 〈**지황을 캐는 사람**(采地黃者)〉

麥死春不雨
禾損秋早霜
歲晏無口食
田中采地黃
采時將何用
持以易餱糧
凌晨荷鋤去
薄暮不盈筐
攜來朱門家
賣與白面郎
與君啖肥馬
可使照地光
願易馬殘粟
救此苦飢腸

보리가 죽는데 봄비는 오지 않고
벼를 망치는데 가을 서리 일찍 내려,
세모에 입에 먹을 것이 전혀 없어
밭에서 지황을 캐고 있단다.
그것을 캐어 어디에 쓰느냐 하니
가져가서 양식과 바꾼다고 한다.
꼭두새벽 호미 메고 나가서
저녁 되어도 광주리를 못 채운단다.
붉은 대문 집에 가지고 가서
희멀건 도령에게 팔아넘기면,
그것을 가져다 살찐 말에게 먹여
땅에 비치도록 광을 내게 한단다.
바라건대 말먹이고 남은 곡식 주어서
쓰리고 주린 창자를 구해주었으면.

백거이도 중국 당나라 시인이다. 농사만으로 살아가지 못해 산에 가서 지황을 캐는 농민의 처지를 사실적인 수법으로 그렸다. 힘들여 일하는 농민이 "희멀건 도령"의 "살찐 말"만큼도 먹지 못한다고 탄식했다. "땅에 비치도록 광을 내게 한단다"는 것은 말을 잘 먹어 털에서 윤기가 나게 한다는 말이다.

왕우칭(王禹偁), 〈**유랑민 생각**(感流亡)〉

謫居歲雲暮
晨起廚無煙
賴有可愛日
懸在南榮邊
高春已數丈
和暖如春天
門臨商於路
有客憩簷前
老翁與病嫗
頭鬢皆皤然
呱呱三兒泣
惸惸一夫鰥
道糧無斗粟
路費無百錢
聚頭未有食
顏色頗饑寒
試問何許人
答云家長安
去年關輔旱
逐熟入穰川
婦死埋異鄉
客貧思故園
故園雖孔邇
秦嶺隔藍關

山深號六里
路峻名七盤
襁負且乞丐
凍餒複險艱
唯愁大雨雪
僵死山谷間
我聞斯人語
倚戶獨長歎
爾為流亡客
我為冗散官
在宦無俸祿
奉親乏甘鮮
因思筮仕來
倏忽過十年
峨冠蠹黔首
旅進長素餐
文翰皆徒爾
放逐固宜然
家貧與親老
睹爾聊自寬

귀양살이 한 해가 저무는데,
새벽에도 밥 짓는 연기가 없다.
다행히도 사랑스러운 해는
남쪽 추녀에 걸쳐 있구나.
해가 지려면 아직 몇 길 남았고,
날씨 따뜻하기가 봄날 같다.
상어(商於) 길로 나 있는 문 밖,
웬 나그네들 처마 밑에서 쉬고 있다.
늙은 영감과 병든 할미
머리털이 온통 새하얗다.
세 아이는 울어대는데,
홀아비 하나 근심뿐이다.

한 말 길양식도 없고,
백 전 노자도 없다.
머리를 맞대도 먹을 것 없어,
안색이 아주 배고프고 춥다.
시험 삼아 누군가 물으니,
대답했다. "집이 장안인데,
지난해 근처에 가뭄이 들어
추수하는 들판 찾아 왔나이다.
아내는 죽어 타향에 묻고,
가난한 나그네가 고향을 그린다오.
고향이 아주 가깝지만,
진령(秦嶺), 남관(藍關)이 막혔다오.
산은 깊어 육리(六里)라고 하고,
길이 험해 이름이 칠반(七盤)이라오.
어린아이 업고 구걸을 하니
얼고 굶주려 고생이라오.
생각하는 걱정이 큰 비나 눈이 내려
산골짝에서 얼어 죽는 것이라오."
나는 그 사람의 말을 듣고
문에 기대서서 길게 탄식했다.
그대가 유랑민이라면
나는 하는 일 없는 벼슬아치네.
관직에 있다지만 봉록이 없어
부모를 좋은 음식으로 봉양하지 못하네.
벼슬길에 나아간 것을 생각해보니
어느덧 십년이 지나가버렸구나.
높은 관을 쓰고 백성을 괴롭혔네,
대세나 따르면서 공밥을 먹었네.
글하는 이는 모두 쓸 데 없으니
쫓겨난 것이 마땅하다.

가난하면서도 늙은 부모를 모시는
그대를 보고 그런대로 위안을 얻는다.

왕우칭은 중국 북송시대의 시인이다. 가난한 집안 출신이어서 과거에 급제해 벼슬을 하고서도 하층민에 대해서 관심을 가진 시를 썼다. 어느 날의 일기처럼 유랑민을 만나고 물어서 들은 일을 적고 소감을 붙였다.

자기가 목격한 유랑민이 머리 센 영감과 할미, 울어대는 세 아이, 근심하는 홀아비라고 했다. 아이 어미는 없어진 이유가 있다고 설명했다. 유랑민이 된 것은 가뭄을 만났기 때문이라고 했다. 한 가족의 경우만 말하고 유랑민이 대거 생겨났다고 하지는 않았다. 춥고 배고픈 것과 함께 고향을 떠난 것이 유랑민의 고통이라고 했다.

실향과 관련된 말이 많다. 진령(秦嶺)은 고개, 남관(藍關)은 관문이다. 험한 곳들이어서 길을 막는다고 하고, 인위적인 차단은 말하지 않았다. 산이 "육리(六里)"라는 것은 넘어가려면 거리가 멀다는 말이고, 길이 "칠반(七盤)"이라고 한 것은 꼬불꼬불해서 생긴 이름이다.

자기는 벼슬하다가 귀양살이를 하고 있다고 서두에서 말했다. 귀양살이를 하기 전에도 부모를 제대로 봉양하지 못했다고 하고, 유랑민이 되어서도 부모를 모시는 사람을 보고 위안을 얻는다고 술회했다. 자기는 여러 모로 무력해 유랑민에게 아무것도 주지 못하고 도리어 정신적인 도움을 받는다고 했다.

어무적(魚無迹), 〈**떠돌이 백성의 탄식**(流民嘆)〉

蒼生難蒼生難
年貧爾無食
我有濟爾心

而無濟爾力
蒼生苦蒼生苦
天寒爾無衾
彼有濟爾力
而無濟爾心
願回小人腹
暫爲君子慮
暫借君子耳
試聽小民語
小民有語君不知
今歲蒼生皆失所
北闕雖下憂民詔
州縣傳看一虛紙
特遣京官問民瘼
馹騎日馳三百里
吾民無力出門限
何暇面陳心內事
縱使一郡一京官
京官無耳民無口
不如喚起汲淮陽
未死孑遺猶可救

곤란에 처한 백성이여!
흉년 들어 너희가 먹을 것이 없을 때
나는 너희를 구할 마음 있어도
너희를 구해낼 힘이 없구나.
고통에 빠진 백성들이여!
추위에 너희에게 덮을 것이 없을 때
저들은 너희를 건질 힘이 있어도
너희를 건질 마음이 없구나.
잠시나마 소인 심보를 돌려
군자의 마음을 먹어 봤으면.
잠시나마 군자의 귀를 빌려

백성의 목소리를 들어보았으면.
백성이 말을 해도 임금이 모르니
오늘날 백성 모두 살 터전을 잃었네.
궁궐에서 백성을 근심하는 조서를 내렸다 해도
고을에 오면 그저 빈 종이를 돌려보듯.
백성 고통 묻겠다며 서울 관원 특파하여
역마로 하루에 삼백 리를 달려온들
백성들은 기운 없어 문턱도 못 나서니
마음속에 있는 것들 만나 말할 겨를이 있을까
군마다 서울 관원 보낸다 해도
관원에겐 귀가 없고 백성에겐 입이 없네.
회양 태수(淮陽太守) **급암**(汲黯)**을 기용한다면**
살아남은 백성들을 구할 수 있으련만.

어무적은 한국 조선시대 시인이다. 아버지는 양반이지만 어머니는 종이어서 천인으로 살아갔다. 살 길을 찾아 떠돌아다니는 백성의 어려움을 알고 구하지 못한다고 탄식했다. 자기도 같은 처지이지만, 딱한 사정을 알리는 사람이라고 자처하면서 거리를 두었다. 훌륭한 관원이 등용되면 난국을 해결할 수 있으리라고 기대했다.

정약용(丁若鏞), 〈**주린 백성의 시**(飢民詩)〉

悠悠大化理
今古有誰知
林林生蒸民
憔悴含瘡痍
槁莩弱不振
道塗逢流離
負戴靡所聘

不知竟何之
骨肉且莫保
迫厄傷天彝
上農爲丐子
叩門拙言辭
貧家反訴哀
富家故自遲
非鳥莫啄蟲
非魚莫泳池
顔色慘浮黃
鬢髮如亂絲
聖賢施仁政
常言鰥寡悲
鰥寡眞足羨
飢亦是己飢
令無家室累
豈有逢百罹
春風引好雨
艸木發榮滋
生意藹天地
賑貸此其時
肅肅廊廟賢
經濟仗安危
生靈在塗炭
拯拔非公誰

아득하도다, 천지의 조화
고금에 누가 알 수 있으랴?
많고 많은 백성 태어나서
야윈 몸에 병이 들었네.
마르고 굶고 허약해 쓰러져
거리마다 만나는 유랑민이다.
이고 지고 다니나 오라는 데 없어

어디로 가야 할지 모르는구나.
혈육이라도 돌보지 못하고,
곤경에 빠져 천륜을 저버린다.
상농군이 빌어먹는 처지가 되어
문을 두드리고 서툰 말을 한다.
가난한 집에서는 하소연이라도 하겠으나,
부잣집에서는 일부러 늑장을 부리네.
새 아니라 벌레도 쪼지 못하고,
고기 아니라 물에서 헤엄치지 못하네.
얼굴은 부어올라 부황이 들었고,
머리털 흐트러져 산발했구나.
옛 성현들이 어진 정치를 할 때
홀아비 과부 괴로움 먼저 말했으나,
홀아비 과부가 참으로 부럽네,
굶어도 자기 한 몸 굶을 따름이니.
매인 가족 돌아볼 걱정 없다면
어찌 온갖 근심이 생기겠는가?
봄바람이 단비를 몰고 와서
초목에 꽃 피고 잎이 돋아나고
생기가 온 누리에 충만하니,
빈민을 구제할 때가 되도다.
엄숙한 조정의 훌륭한 관원들,
경제에 나라 안위 달려 있다네.
도탄에 허덕이는 백성을
공들이 아니면 누가 건지겠는가?

정약용은 한국 조선후기의 학자 · 관인이면서 시인이다. 농민의 참상을 보고 애통해하는 시를 많이 남겼다. 〈기민시〉 세 수 가운데 둘째 것이다. 유랑민을 보고 처지를 살피면서 가련하게 여기고, 가진 것이 없으면서 가족을 부양하는 것이 유랑민에게 가장 힘든 일이라고 하고, 유랑민과 벼슬하는 사람을 관련시켜 고찰한 것이 왕우칭의 〈유랑민 생각〉과 같다. 그러면서 몇 가지 차이가 있다.

왕우칭은 자기가 만난 유랑민의 형편만 보고 들은 대로 전달했으나, 정약용은 유랑민의 어려움을 여러 모로 살피고 다각도로 고찰했다. 유랑민이 대거 나타나 크게 문제가 된 상황을 묘사했다. 왕우칭은 자기가 삼중으로 무력해 유랑민에게 아무것도 주지 못하고 도리어 정신적인 도움을 받는다고 했는데, 정약용은 자기 자신에 관한 말은 하지 않고, 벼슬해 국정을 담당하는 사람들이 유랑민을 구해야 한다고 하고 좋은 시절이 오니 분발해야 한다고 했다.

천지의 조화는 아득해 알 사람이 없다고 한 것은 자기가 목격하고 탄식하는 사태에 대한 깊은 이해가 없어 안타깝다는 말이다. 유랑민이 생기는 것은 사회문제이지만 자연재해와 연관되어 있어, 천(天)인 자연과 지(地)인 사회를 아우르는 천지운행 총괄론을 갖추어야 한다고 생각했다. 고금의 누구도 이루지 못한 큰 뜻을 지녀 능력의 한계를 더욱 절감했다.

거리마다 유랑민이라고 하고, 유랑민이 빌어먹으려고 찾아가는, 유랑민이 아닌 사람들의 집이 있다고 했다. 유랑민 발생이 심각한 지경에 이르렀어도 범위가 제한되어 있다는 말이다. 유랑민이 찾아가 가난한 사람들은 하소연의 상대로 삼을 수 있다고 했다. 부자집에서는 일부러 늑장을 부린다고 했다. 정도의 차이가 있어도 인정이 메마르지는 않았다고 했다. 유랑민이 되었어도 부양가족이 없는 홀아비나 과부는 혼자 굶으면 되니 고통을 적게 받는다고 했다. 개인보다 가족이 더욱 소중하다는 말이다.

봄이 와서 생기가 충만하다고 하고, 좋은 때를 맞이해 조정의 관원들이 유랑민을 구제해야 한다고 한 것은 안이한 결론이라고 할 수 있다. 그러나 사태를 낙관해서 한 말이 아니고, 이루고자 하는 희망을 말한 이상론을 폈다고 보는 것이 마땅하다. 천지운행 총괄론을 갖추지 못해 안타깝다고 했으니 소박

한 이상론을 펴면서 조정 관원들이 분발하라고 하는 데 머무를 수밖에 없었다.

쉘리Percy Bysshe Shelley, 〈**영국 백성의 노래**A Song: Men of England〉

Men of England, wherefore plough
For the lords who lay ye low?
Wherefore weave with toil and care
The rich robes your tyrants wear?

Wherefore feed and clothe and save
From the cradle to the grave
Those ungrateful drones who would
Drain your sweat—nay, drink your blood?

Wherefore, Bees of England, forge
Many a weapon, chain, and scourge,
That these stingless drones may spoil
The forced produce of your toil?

Have ye leisure, comfort, calm,
Shelter, food, love's gentle balm?
Or what is it ye buy so dear
With your pain and with your fear?

The seed ye sow, another reaps;
The wealth ye find, another keeps;
The robes ye weave, another wears;
The arms ye forge, another bears.

Sow seed—but let no tyrant reap:

Find wealth—let no imposter heap:
Weave robes—let not the idle wear:
Forge arms—in your defence to bear.

Shrink to your cellars, holes, and cells—
In hall ye deck another dwells.
Why shake the chains ye wrought? Ye see
The steel ye tempered glance on ye.

With plough and spade and hoe and loom
Trace your grave and build your tomb
And weave your winding-sheet—till fair
England be your Sepulchre.

영국 백성이여, 왜 쟁기질을 하는가?
위에서 군림하는 상전을 위하느라고.
왜 수고하고 조심하면서 베를 짜는가?
폭군들이 입을 좋은 옷을 만드느라고.

왜 먹이고, 입히고, 돌보아주는가?
요람에서 비롯해 무덤에 이르도록.
저 은혜 모르는 게으름뱅이 녀석들이
그대들 땀을 짜내고 피를 마시는데.

왜 영국의 일벌인 그대들이
무기, 쇠사슬, 채찍을 많이 만들어
침이 없는 수벌 같은 녀석들이
그대들 수고를 앗아가게 하는가?

그대들은 한가함, 편안함, 조용함,
거처, 음식, 부드러운 사랑의 향기,

가까이 하고 싶은 다른 여러 가지를,
수고와 근심의 대가로 살 수 있는가?

그대들이 뿌린 씨를 남들이 거둔다.
그대들이 찾은 보물을 남들이 갖는다.
그대들이 지은 옷을 남들이 입는다.
그대들이 만든 무기를 남들이 가진다.

씨를 뿌리고, 폭군이 거두지 못하게 하여라.
보물을 찾고, 협잡꾼이 갖지 못하게 하여라.
옷을 짓고, 게으름뱅이가 입지 못하게 하여라.
무기를 만들고, 그대들을 지키려고 가져라.

그대들의 지하실, 구덩이, 창고로 숨어들어라.
그런 공간에서 새로운 거처를 마련하라.
왜 그대들이 만들어낸 쇠사슬이 흔들리고,
단련한 강철이 빛나는 것을 그냥 보느냐?

쟁기, 삽, 괭이, 베틀 같은 것을 가지고
그대들의 무덤을 찾아 봉분을 만들어라.
그대들의 수의를 산뜻하게 짜놓아라.
공평한 영국이 그대들의 무덤이 될 때까지.

영국 낭만주의 시인 쉘리가 이런 시를 지었다. 시인은 팔자 좋은 사람들의 환상을 아름다운 말로 꾸미는 것을 자랑으로 삼기만 하지 않고, 관심을 현실로 돌려 어려움을 겪는 하층민과 함께 탄식하기도 한다는 것을 보여주었다. 영국에도 하층민이 저항하라고 한 시가 있는 것을 알도록 한다.

시 제목에 있는 말 "men of England"는 직역하면 "영국 사람들"인데, 상하층의 모든 사람이 아닌 하층민만 일컬었다. 상층을 위해 수고하면서 착취당하는 하층민이 영국의 주인인 영국 사람이고, 상층은 외국인과 다름없다고 하려고 선택한 표현이다. 이 말을 "영국 백성"이라고 번역해 창작의 의도를 전달하고자 한다. 상하층의 관계에 관해 이해하기 쉽게 서술하다가 이따금 따져보아야 할 말을 했다.

제3연에서 상하층의 관계를 명확하게 하는 기발한 비유를 들었다. 하층 백성은 일벌이고, 상층은 수벌이라고 했다. 일벌인 백성이 왜 "무기, 쇠사슬, 채찍을 많이 만들어" 침이 없는 수벌처럼 자기 스스로는 무력하기만 한 상층이 백성의 생산물을 앗아가는 데 쓰도록 하는가 하고 물었다.

제7연에서는 백성이 "만들어낸 쇠사슬", "단련한 강철"에 협박당해 그냥 있지 말고, 항쟁을 위한 근거지를 안전한 곳에 구축하라고 앞의 두 줄에서 말한 것 같다. 제8연에서는 봉분을 만들고, 수의를 짜라고 했다. 공평한 영국이 이루어지는 그날까지 목숨바쳐 저항하고 투쟁하라는 것이다.

프뤼돔Sully Prudhomme, 〈**농민: 프랑쏘 밀레에게**Paysan: À François Millet〉

Que voit-on dans ce champ de pierres?
Un paysan souffle, épuisé ;
Le hâle a brûlé ses paupières ;
Il se dresse, le dos brisé ;
Il a le regard de la bête
Qui, dételée enfin, s'arrête
Et flaire, en allongeant la tête,
Son vieux bât qu'elle a tant usé.

La Misère, étreignant sa vie,
Le courbe à terre d'une main,
Et, fermant l'autre, le défie

D'en ôter, sans douleur, son pain.
Il est la chose à face humaine
Qu'on voit à midi dans la plaine
Travailler, la peau sous la laine
Et les talons dans le sapin.

Soyez riches sans trop de joie ;
Soyez savants, mais sans fierté :
L'heureux a cru choisir la voie
Où de doux fleuves l'ont porté.
On hérite d'un sang qu'on vante ;
On rencontre ce qu'on invente ;
Et je cherche avec épouvante
Les oeuvres de ma liberté ...

Brave homme, le rire et les larmes
Sont mêlés par le sort distrait ;
Nous flottons tous, dans les alarmes,
Du vain espoir au vain regret.
Et, si ta vie est un supplice,
Nos lois ont un divin complice :
Fait-on le mal avec délice?
Fait-on le bien comme on voudrait?

이 자갈밭에서 무엇을 보겠는가?
농부가 한 사람 지친 숨을 내쉰다.
햇빛에 눈썹이 그슬렸다.
등이 피곤한 몸을 일으키고는
짐승에게 시선을 준다.
짐승은 마침내 풀려나 걸음을 멈추고
머리를 내밀고 냄새를 맡는다,
오래 사용한 낡은 안장을.

불행이라는 놈이 농부의 삶을 조여,
한 손으로는 땅을 짚게 하고,
다른 손은 쓰지 못하게 도전하면서,
어렵지 않게 먹을 것을 빼앗는다.
농부는 사람 얼굴을 하고 있을 따름이다.
한낮에 들판에서 일하는 것을 보아라.
피부를 양털로 감싸고 있으며,
뒤꿈치는 진나무 속에 들었다.

너무 좋아하지 않고 부유하게 되었으면,
유식해지고도 자만하지 말았으면.
행복이 길을 찾을 줄 안다고 생각하게,
포근한 강의 흐름이 길을 열어준다.
사람은 자랑을 하는 혈통을 타고나
자기가 지어낸 것을 이야기한다.
나는 크게 불안하게 여기면서
내 자유의 창작물을 찾는다.

용감한 사람이여, 웃음과 눈물이
종잡을 수 없는 운명 때문에 뒤섞인다.
우리는 모두 위험 신호를 받고 떠다닌다,
공연한 소망에서 공연한 후회까지.
그리고 그대의 삶이 고통스럽다지만,
우리가 공범자인 것은 신성한 법칙이다.
즐거워하면서 악행을 할 것인가?
사람들이 바라는 대로 선행을 할 것인가?

프랑스 근대시인 프뤼돔은 제1회 노벨문학상 수상자이다. 이 시를 화가 프랑솨 밀레에게 준다고 했다. 밀레가 그림에서 보여준 농민의 생활상을 자기는 시로 나타내고자 했다.

제1연에서 농부의 모습을 그렸다. 자기는 농부의 모습을 보는 사람이다. “자갈밭”은 눈에 보이는 장소라기보다 열악한 생활환경이다. “거친 숨을 내쉬”고, “햇빛에 눈썹이 그슬렸다”고 하는 농부가 “짐승”이라고 일컬은 말을 타고 와서 피곤한 몸을 일으켰다고 하고, 말의 거동을 인상 깊게 그렸다. 말을 타고 다니는 노동을 오랫동안 한 것을 말의 거동을 통해 알려주었다.

제2연에서는 농민의 참상을 포괄적으로, 추상적으로 나타냈다. “불행”을 의인화했으므로 “불행이라는 놈이”라고 옮겼다. 불행이라는 놈이 농부에게 “한 손으로는 땅을 짚게 하고, 다른 손은 쓰지 못하게” 한다고 한 것은 농사일만 하도록 하고 다른 일은 하지 못하게 한다는 뜻이라고 생각된다. “사람 얼굴을 하고 있을 따름이다”라고 한 것은 사람답게 살지 못한다는 뜻이다. “피부를 양털로 감싸고 있”다는 것은 양털을 옷을 만들지 못하고 그대로 쓰고 있다는 말인 듯하다. “뒤꿈치는 전나무 속에 들었다”는 것은 나막신을 신었다는 말이면서, “전나무”는 관을 만드는 재료이므로 죽음과 가까이하고 있음을 암시하기도 한다.

제3연에서는 어울리지 않게 어설픈 인생론을 늘어놓는 것 같지만, 곰곰이 읽어보면 시인 자신의 소망과 처지를 말했다. 처음 두 줄에서 한 말은 존칭을 사용한 명령문이다. 명령의 상대는 세상 사람들이다. 자기가 소망하는 바를 세상 사람들을 상대로 한 명령문으로 나타냈다. 다음 두 줄에서 행복을 말한 것도 소망이다. 다음 네 줄에서는 시 창작이란 무엇인가 말했다.

제4연에서는 “용감한 사람이여”라고 하는 말로 앞에서 든 농부를 부르고, 자기가 하고 싶은 말을 했다. 제1、2연의 농민과 제3연의 시인은 다르지 않다는 것이 하고 싶은 말이다. 농민을 참상에서 구하기 위해 시인이 무엇을 할 수 있을지 고민하지 않았으며, 사회문제는 버려두고 인생이 기구하고 당착되었다는 언설을 폈다. 농부의 삶이 고통스럽다고 하지만, 시인인 자기와 함께 어처구니없는 시도를 함부로 하는 공범자라고 했다.

문제를 회피했다고 할 것인가, 사고의 수준을 높였다고 할 것인가? 농민 문제는 해결하기 어렵고 시인이 나서서 기여하지 못하니, 사고의 수준을 높이는 시를 쓰는 것이 마땅하다고 할 수 있다. 그러나 "나는 크게 불안하게 여기면서 내 자유의 창작물을 찾는다"고 한 시인의 사정이 농민에게는 어떻게 나타나 "웃음과 눈물이 종잡을 수 없는 운명 때문에 뒤섞인다"고 할 것인지 농사일을 들어 밝히지 않는 것은 결격 사유라고 하지 않을 수 없다.

노벨문학상은 이상주의 성향을 지닌 작가에게 수여한다고 규정하고 제1회 수상자를 엄격하게 가린 결과 프뤼돔이 선정되었다. 시인이 자기 위치에서 농민을 바라보기나 해서는 이상주의라고 할 수 없다. 농민과 시인은 다르지 않다고 한 말이 타당하다고 평가되려면 농민의 삶을 그 자체에서 진지하게 살펴, 노동의 즐거움과 괴로움이 시인에게는 어떤 의의를 가지는지 해명했어야 한다.

뷔르거Gottfried August Bürger, 〈**농민이 존귀하신 폭군님에게**Der Bauer, An seinen Durchlauchtigen Tyrannen〉

Wer bist du, Fürst, daß ohne Scheu
Zerrollen mich dein Wagenrad,
Zerschlagen darf dein Roß?

Wer bist du, Fürst, daß in mein Fleisch
Dein Freund, dein Jagdhund, ungebläut
Darf Klau' und Rachen haun?

Wer bist du, daß, durch Saat und Forst,
Das Hurra deiner Jagd mich treibt,
Entatmet, wie das Wild? –

Die Saat, so deine Jagd zertritt,
Was Roß, und Hund, und du verschlingst,
Das Brot, du Fürst, ist mein.

Du Fürst hast nicht, bei Egg und Pflug,
Hast nicht den Erntetag durchschwitzt.
Mein, mein ist Fleiß und Brot! –

Ha! du wärst Obrigkeit von Gott?
Gott spendet Segen aus; du raubst!
Du nicht von Gott, Tyrann!

나으리시여, 그대는 누구길래,
함부로 나를 수레바퀴에 매달아 굴리고,
말에게 하듯이 채찍으로 치는가?

나으리시여, 그대는 누구길래,
내 살점에 당신 친구 사나운 사냥개가
발톱과 아가리를 갖다 대게 하는가?

그대는 누구길래, 그대의 사냥개가
경작지와 삼림을 가로질러
야생에서 놀이하듯 나를 몰아내는가?

그대의 사냥개 먹이,
말, 개, 그리고 그대가 먹어치우는 양식,
나으리시여, 그 모두가 내 것이다.

나으리시여, 그대는 써레질도 쟁기질도,
추수하느라고 땀 흘리는 일도 하지 않아,
노력과 양식이 모두 내 것이다.

하! 하느님이 권능을 주셨다고?
하느님이 축복을 보내주신다고?
그대는 하느님과 무관한 폭군이다!

독일 18세기 시인 뷔르거가 이런 시를 썼다. 독문학사에서 생략된 어법으로 비꼬는 말을 하고, 사전에 없는 어휘도 사용해 해독하기 어렵다. 인터넷에 올라 있는 영어 번역(by A. Z. Forema)을 참고해 가까스로 옮겼다.

시 제목에서 "존귀한 폭군"이라고 한 것은 비꼬아 한 말이다. 폭군에 전하는 농민의 반감을 나타냈다. 상대방을 지칭한 "Fürst"는 "군주, 영주" 등을 뜻하는 말인데 농민을 지배하고 착취하는 사람 모두에게 해당한다고 이해할 수 있다. 호격이어서 "나으리"라고 옮겼다. "나으리"를 불러놓고 존칭을 사용하지 않았다. 농민이 마음속에서 하는 말이다.

"나으리"라고 한 상전이 저지르는 악행을 갖가지로 들고 험한 말로 규탄했다. 하느님이 권능을 주고 축복을 보내준다고 하는 것이 거짓말이라고 하고, "너는 하느님과 무관한 폭군이다!"고 했다. 반감을 이 정도로 강렬하게 나타낸 시는 더 찾아보기 어렵다.

제5장
노동자의 참상

장뢰(張耒), 〈**노동자 노래**(勞歌)〉

暑天三月元無雨
雲頭不合惟飛土
深堂無人午睡餘
欲動身先汗如雨
忽憐長街負重民
筋骸長彀十石弩
半衲遮背是生涯
以力受金飽兒女
人家牛馬繫高木
惟恐牛軀犯炎酷
天工作民良久艱
誰知不如牛馬福

더운 날 석 달 동안 아예 비가 아니 내려,
구름은 모이지 않고 먼지만 흩날리네.
사람 없는 대청에서 낮잠을 자고 나니,
움직이기 전에 먼저 비 오듯 땀이 나네.
불현듯 머나 먼 길 무거운 짐 진 백성 생각하니,
뼈와 근육 한 번에 열 개의 돌을 쏘는 쇠뇌와 같네.
반쯤 기운 등거리로 생애를 삼고,
힘으로 돈을 벌어 아들 딸 먹이네.
남들은 소와 말을 큰 나무에 매어 놓고,
소가 더위를 먹을까 그것만 걱정이네.
조물주가 만든 백성 오랫동안 이렇게 고생이네,
누가 알리오, 소나 말 정도의 복도 없는 줄을.

장뢰는 중국 북송시대 시인이다. 왕우칭보다 한 세기 뒤의 사람이다. 가난한 집안 출신이고, 벼슬을 하고서도 낮은 자리에만 있어 하층민의 처지를 잘 알아 이런 시를 지었다. 〈노동자 노래〉라는 제목은 노동자의 처지에 관한 노래라는 뜻이다.

처음에는 날이 오래 가문 때라고 하고, 다음에는 자기는 낮잠을 자고나니 비 오듯 땀이 난다고 했다. 편안하게 지내도 더위를 견디기 어려울 때인데 노동자를 생각하니 고생이 얼마나 심하겠는가 하고 말했다. 불현듯 무거운 짐을 지고 먼 길을 가는 노동자를 생각했다고 하고, 뼈와 근육이 강건해 어려운 일을 한다고 했다. 초라한 차림으로 일생을 살면서 힘으로 돈을 벌어 자식들을 먹여 살린다고 했다.

동자의 처지를 소나 말과 비교했다. 소나 말을 부리지 않고 더위 먹을까 걱정인 때에 쉬지 않고 일하는 노동자는 소나 말보다도 복이 없다고 했다. "조물주가 만든 백성"이라고 한 것은 사람은 하층민이라도 존귀하게 태어났다는 말이다. 존귀하게 태어난 사람이 소나 말보다 못해서 되겠느냐고 항변했다.

블래이크William Blake, 〈**굴뚝 청소부**The Chimney Sweeper〉

When my mother died I was very young,
And my father sold me while yet my tongue
Could scarcely cry " 'weep! 'weep! 'weep! 'weep!"
So your chimneys I sweep & in soot I sleep.

There's little Tom Dacre, who cried when his head
That curled like a lamb's back, was shaved, so I said,
"Hush, Tom! never mind it, for when your head's bare,
You know that the soot cannot spoil your white hair."

And so he was quiet, & that very night,
As Tom was a-sleeping he had such a sight!
That thousands of sweepers, Dick, Joe, Ned, & Jack,
Were all of them locked up in coffins of black;

And by came an Angel who had a bright key,
And he opened the coffins & set them all free;
Then down a green plain, leaping, laughing they run,
And wash in a river and shine in the Sun.

Then naked & white, all their bags left behind,
They rise upon clouds, and sport in the wind.
And the Angel told Tom, if he'd be a good boy,
He'd have God for his father & never want joy.

And so Tom awoke; and we rose in the dark
And got with our bags & our brushes to work.
Though the morning was cold, Tom was happy & warm;
So if all do their duty, they need not fear harm.

어머니가 돌아가셨을 때 나는 아주 어렸다.
아버지가 나를 팔았다. 아직 내 혀로 겨우
"－ㅊ소, －ㅊ소" 라는 소리나 낼 때였는데.
그래서 여러분의 굴뚝을 청소하고, 검댕에서 잔다.

톰 다크라는 꼬마 녀석 양의 등처럼 굽은
머리카락을 자르니 울어 내가 말했다.
"쉿, 톰아, 괜찮아, 맨머리여야 해
검댕 때문에 머리카락이 망가지지 않는다."

그래서 그는 잠잠해졌는데, 바로 그날 밤
톰은 잠들어 있는 동안에 이런 광경을 보았다.
딕, 조, 네드, 잭 등 수천 명 청소부가
열쇠로 잠근 검은 관 속에 갇혀 있었다.

그런데 천사가 빛나는 열쇠를 가지고 와서
관을 열고 모두 다 해방시켜 주었다.

모두 푸른 들판으로 가서 뛰며 웃으며 달렸다.
강에서 몸을 씻고 햇빛에서 빛을 냈다.

발가벗은 흰 몸으로, 가방은 내버려둔 채
구름 위로 올라가고, 바람 속에서 즐거워했다.
천사가 톰에게 말했다, 착한 소년이 되면
하느님이 아버지여서 기쁨이 모자라지 않으리라고.

그러자 톰은 잠을 깨 어둠 속에서 일어났다.
일하는 데 쓰는 가방과 솔을 챙겼다.
추운 아침인데도 톰은 행복하고 따뜻했다.
임무를 완수하면 피해를 겁내지 않아도 된다.

이어양의 〈매아탄〉은 중국 변방의 낙후한 소수민족의 특별하게 가난한 처지를 전했다고 생각될 수 있으나, 부강함을 자랑하던 최선진국 영국에서도 자식을 팔았다고 블래이크가 이 시에서 말했다. 이어양(1784-1826)과 블래이크(1757-1827)는 같은 시기에 살면서 자식을 파는 참담한 행위가 자행된다고 함께 증언하고 개탄했다. 그러면서 이어양은 자식을 판 부모의 심정을, 블래이크는 팔린 자식의 처지를 말한 것이 다르다.

〈매아탄〉에서는 자식이 팔려가 무엇을 했는지 말하지 않았으나 어렵지 않게 짐작 할 수 있다. 농사일 외에는 시킬 것이 없었으니, 보수를 주지 않고 농사일을 시키려고 일꾼을 사갔다. 이 시에서는 팔려가 굴뚝 청소를 한다고 명시했다. 영국이 산업화, 도시화하면서 생겨난 굴뚝 청소라는 일은 체구가 작아야 하기 쉬웠다. 아이들의 정상적인 취업은 기대할 수 없으므로, 부모에게 돈을 주고 산 아이들에게 강제로 시키고 보수는 주지 않았다.

미성년자 감금 착취 노동의 심각한 양상이 빚어지는 것을 보고, 브래이크는 항변하는 시를 쓰고자 했다. 제1연 원문에서 "'weep"라는 소리만 혀로 낼 수 있었다고 한 말은 이중의 의미가 있다. "'weep"는 "운다" 뜻이고, 앞에 "'"가 붙은 "'weep"는 "sweep"(청소)의 준말이다. "운다"고 하던 말이 "청소"가 되어 굴뚝을 청소하게 되었다고 했다. "'weep"를 "-ㅊ소"라고 옮기니 "청소"와 연결되기만 한다. 제2연에 등장한 "Tom Dacre"라는 아이 이름의 "Dacre"는 "Dark"(어둠)과 같은 말이다. 그런 아이가 굴뚝 청소부가 되어 머리카락이 양털 잘리듯이 잘렸다. 검정이 덜 묻게 한다는 이유를 내세워 가축이 되는 것 같은 통과의례를 거쳐 감금되도록 했다. 서술자는 그 이유를 받아들이고 있어 톰에게 설명했으나, 톰은 감금에서 벗어나는 꿈을 꾸었다.

"나"라고 하는 서술자는 이미 불운을 개탄하고 있기만 하므로, 신참자 톰을 등장시켜 노동을 강요당하는 처지에서 탈출을 염원한 것은 적절한 설정이라고 할 수 있다. 제3연 후반에서 감금의 실상을 고발하고, 제4연에서 제5연 전반까지 탈출의 환상을 말한 것이 자연스럽게 전개되어 실감을 자아낸다. 그런데 제5연에서 "착한 소년"이 되라고 하고, 제6연에서 "임무를 완수"하라고 한 것은 납득할 수 없다. 굴뚝 청소부 일을 불평하지 않고 열심히 하라고 천사나 하느님까지 등장시켜 권유하는 안이한 교훈을 결말로 삼아 앞에서 한 모든 노력이 허사가 되게 했다.

하이네Heinlich Heine, 〈**쉴레지센의 직조공**Die schlesischen Weber〉

Im düstern Auge keine Träne,
Sie sitzen am Webstuhl und fletschen die Zähne:
Deutschland, wir weben dein Leichentuch,
Wir weben hinein den dreifachen Fluch –
Wir weben, wir weben!

Ein Fluch dem Gotte, zu dem wir gebeten
In Winterskälte und Hungersnöten;
Wir haben vergebens gehofft und geharrt,
Er hat uns geäfft und gefoppt und genarrt –
Wir weben, wir weben!

Ein Fluch dem König, dem König der Reichen,
Den unser Elend nicht konnte erweichen,
Der den letzten Groschen von uns erpreßt
Und uns wie Hunde erschießen läßt –
Wir weben, wir weben!

Ein Fluch dem falschen Vaterlande,
Wo nur gedeihen Schmach und Schande,
Wo jede Blume früh geknickt,
Wo Fäulnis und Moder den Wurm erquickt –
Wir weben, wir weben!

Das Schiffchen fliegt, der Webstuhl kracht,
Wir weben emsig Tag und Nacht –
Altdeutschland, wir weben dein Leichentuch –
wir weben hinein den dreifachen Fluch –
Wir weben, wir weben!

눈물도 없는 음울한 눈으로,
그들은 베틀에 앉아 이를 간다.
독일이여, 우리는 그대의 수의를 짠다.
우리는 거기다 세 가지 저주를 짜 넣는다.
우리는 베 짠다, 우리는 베 짠다.

저주 하나는 하느님 몫이다.
추운 겨울 굶주리면서 기도하고
바라고 기다린 것이 허사여서,

우리를 조롱하고, 희롱하고, 우롱했다.
　　　우리는 베 짠다, 우리는 베 짠다.

저주 하나는 국왕 몫이다.
우리의 참상 동정하지도 않는 부자들의 국왕
마지막 한 푼까지 우리에게서 강탈해 가고,
우리를 개처럼 쏘아 죽이도록 내버려 둔다.
　　　우리는 베 짠다, 우리는 베 짠다.

저주 하나는 그릇된 조국 몫이다.
오욕과 수치만 판을 치는 곳,
꽃은 일찌감치 꺾어버리는 곳,
구더기 썩은 냄새 득실거리는 곳,
　　　우리는 베 짠다, 우리는 베 짠다.

북실통 날아다니고, 베틀 삐걱거린다.
우리는 밤낮 부지런히 베를 짠다.
낡은 독일이여, 우리는 그대의 수의를 짠다.
우리는 거기다 세 가지 저주를 짜 넣는다.
　　　우리는 베 짠다, 우리는 베 짠다.

독일 낭만주의 시인 하이네는 이 시에서 노동자의 참상을 아주 생동하게 나타냈다. 현실의 변화가 새로운 문학을 요구하는 것을 받아들였다. 독일에서 산업의 근대화가 시작되던 시기 1844년에 슐레지엔 직조공들이 착취와 억압을 견디다 못해 폭동을 일으켜다가 총칼로 진압된 일이 있었다. 시인이 통분하게 여겨, 직조공들의 원통한 심정을 나타내면서 불렀을 만한 노동요 사설을 지어냈다. 반복되는 말이 있고 후렴을 갖추어 민요답다.

베를 짜면서 수의를 짠다고 하고, 저주를 짜 넣는다고 한 것이 분노를 표현하는 적절한 착상이다. 세 가지 저주를 열거해

짜임새를 잘 갖추었다. 그런데 저주의 대상이 제2연에서는 하느님이, 제3연에서는 국왕이고, 제4연에서는 조국이다. 직접적인 착취자인 공장주는 저주의 대상으로 삼지 않고, 착취자를 제어하고 노동자를 구출해주기를 바라는 기대를 저버린 직무유기자들만 들었다. 경제적인 갈등을 정신의 문제로 다루는 낭만주의자의 사고방식이 확인된다. 직조공들보다는 시인이 더욱 절감했을 만한 불만을 토로했다.

하느님이 기대를 저버렸다고 저주하다가 "조롱하고, 희롱하고, 우롱했다"고까지 했다. 얕잡아 보이는 피해가 하느님 탓이라고 했다. 블래이크가 〈굴뚝 청소부〉에서 보인 기대를 완전히 뒤집어놓았다. 국왕은 "우리의 참상 동정하지도 않"는다고 하고, "우리를 개처럼 쏘아 죽이도록 내버려 둔다"고 한 점에서는 국민을 보호할 의무를 저버린 직무유기자이다. "마지막 한 푼까지 우리에게서 강탈해 가고"라고 한 것은 세금 징수를 두고 한 말이라고 생각된다. 조국을 저주의 대상으로 삼은 것은 사회 풍조가 그릇되었다고 판단했기 때문이다. "낡은 독일"의 수의를 짠다고 한 것은 새로운 독일이 출현하기를 기대한다는 말이다. 기대를 실현하는 방법이 무엇인지는 알지 못해 암시조차도 하지 못했다.

프레베르Jacques Prevert, 〈**잃어버린 시간**Le temps perdu〉

Devant la porte de l'usine.
le travailleur soudain s'arrête
le beau temps l'a tiré par la veste
et comme il se retourne
et regarde le soleil
tout rouge tout rond
souriant dans son ciel de plomb
il cligne de l'œil
familièrement

Dis donc camarade Soleil
tu ne trouves pas
que c'est plutôt con
de donner une journée pareille
à un patron?

공장 문 앞에서
노동자가 갑자기 발걸음을 멈추었다.
좋은 날씨가 옷자락을 잡고 끌었다.
뒤로 돌아서서
태양을 바라보니
아주 붉고 아주 둥글게
하늘에서 웃고 있었다.
그는 눈을 깜박이고
친근하게
태양 동지에게 말했다.
너는 어떻게 생각하는가,
이것 아주 멍청한 짓이 아닌가?
이런 날을 주어버린 것이
사장에게.

프레베르는 프랑스 현대시인이다. 심각한 사연을 일상적인 구어로 간결하게 나타내 쉽게 읽을 수 있게 하는 것을 장기로 삼았다. 이 시에서는 현대 공장노동자의 처지를 다루었다. 하이네 〈슐레지엔의 직조공〉의 노동자들보다는 사정이 나아져 퇴근 시간이 있고, 퇴근 후에는 하루의 일과를 되돌아볼 수 있게 되었다. 그래도 노동의 성격 자체에 불만이 있다고 했다.

노동자가 하루의 노동을 마치고 공장 문을 나서다가 발걸음을 멈춘 것을 좋은 날씨가 옷자락을 잡았기 때문이라고 앞에서 말했다. 다음에는 태양을 바라보고, "태양 동지"에게 말 걸었다고 하고, 나중에는 자기의 불운을 하소연했다. 좋은 날을 노동을 하다가 보낸 것을 사장에게 주어버렸다고 했다. 노동을 해서 만들어낸 재화를 사장이 차지한다는 것을 그렇게 말했다.

이 노동자는 혼자이고, 불만을 말하는 데 그치고 투쟁을 하려고 하지는 않는다. 그러나 "태양 동지"라는 말 한마디가 더 많은 것을 생각하게 한다. 태양은 날씨가 좋게 하는 주역이고, 모든 행복의 원천이다. 태양을 등지고 하는 노동은 비정상이다. 태양을 동지로 삼으면 고독하지 않고, 주장의 정당성을 확보할 수 있으며, 어떤 투쟁에서도 승리할 수 있다는 데까지 나아갈 수 있다.

이동순, 〈검은 강: 어느 광산노동자의 고백〉

1

검은 강이 흐른다
나는 상류 쪽을 거슬러 올라가본다
강줄기로 흘러드는 실개천
으슥한 골짜기엔 아연광산이 연기를 뿜는다
나는 이곳에서 사년을 보냈다
원광에 황산을 들어부어
아연을 빼내고 나면 검붉은 폐기물이 남았다
그 걸쭉한 찌꺼기들을
우리는 〈케이크〉라고 불렀다

2

계곡을 파서 만든 웅덩이에는
언제나 〈케이크〉들이 가득 고여 있다
무심코 버려져 영영 소멸되지 않는 그것들은
한 쪽 구석에서 마냥 몸부림친다

그 위로 눈비가 뿌리고
푸른 하늘이 비치기도 하지만
연꽃과 개구리는 결코 살지 못하는
〈케이크〉 위에는 늘 섬찟한 살기로 휘번뜩인다
한 방울만 튀어도
살갗이 타고 옷이 뚫리는 황산
그 독한 냄새에 시달리면서도
나는 내 젊은 꿈을 버리지 않았었다

3

어느 휴일 오후
나는 일없이 강가에서 돌팔매를 날렸다
물새 한 마리가
이상한 몸짓으로 몸을 비틀고
발 아래서 강물은 쓸쓸한 소리를 내었다
그런데 가만히 보니
고기란 고기는 모두 모래톱에 밀려와 죽어 있었다
그날 나는
배를 뒤집고 누운 고기떼 속에서
비참하게 썩어가는 나의 모습을 보았다
왜 나는 거기 누워 있는가
무엇 때문에 나는 두 눈을 뜨고
강가로 떠밀려 와
꼬리지느러미조차 제대로 움직이지 못하는가

4

그해 여름
장마비는 줄기차게 내렸다

그런 밤은 과장의 전화벨도 어김없이 울려댄다
그날 나는 황산 폐기물을 빨리 강물로 흘려보내라는
특히 남의 눈을 조심해서 처리하라는
과장의 명령을 단호히 거절했다
그 독극물을
결코 강으로 쏟을 수 없다고
또 버려서는 안 된다고 송화기에 대고 외쳤다
그리고 나는 해고되었다

5

검은 강이 흐른다
우리의 목숨을 단칼에 썩 베어버릴 듯
서슬 푸른 비수와 독을 품고
검은 강은 흐른다
야비하고
더더욱 뻔뻔스럽게

6

나는 지금
내가 다니던 아연광산 언덕에서
폐기물 집하장 쪽을 물끄러미 내려다본다
〈케이크〉 웅덩이는
여전히 고여서 번들거리는구나
그들은 오늘밤에도 몰래 비밀배수구를 통해
광산폐기물을 흘려보낼 것이다
저 강물로 들어간 독약은
강가의 채소밭
어린 푸성귀의 뿌리를 적시고

우리 집 수도꼭지로 흘러나올 것이다

7

나는 희뿌옇게 흐려진 눈으로
쇠사슬에 묶인 죄수처럼 묵묵히 끌려가는
검은 강을 보았다
아, 저 사슬을 풀어주어야 한다
그들의 무지와 횡포
탐욕과 우둔에 맞서 끝까지 싸워야 한다
검은 강이 흐른다
서슬 푸른 비수와 독을 품고
검은 강이 흐른다

한국 현대시인 이동순이 이런 시를 지었다. 광산 노동자들이 어떻게 살아가는지 길고 자세하게 말했다. 노동 문제보다 환경 문제를 더욱 소중하게 여겼다.

정현종, 〈석탄이 되겠습니다: 죽어가는 광부들의 유언〉

우리들은 살아가는 게 아닙니다.
우리들은 죽어왔습니다, 문자 그대로.

석탄을 캐내면서

우리는 묻힙니다.
우리를 캐내는 사람은 아무도 없습니다.

진폐증이라지요?

그건 여러 병 중의 하나가 아닙니다.
처음부터 기약된 죽음입니다.

우리는 죽기를 살기 시작하는 겁니다.

우리는 우리가 캐내는 석탄만도 못합니다.

우리의 마지막 부탁이 있습니다.

우리가 죽으면 우리를
막장에 묻어주세요.
거기서 석탄이 되겠습니다.

한국 현대시인 정현종은 사변적인 시를 쓰다가 이런 항변도 했다. 석탄을 캐다가 죽어가는 광부들의 처지가 어떤지 말했다. 석탄을 캐면 병이 들어 죽어간다. 광부의 삶은 석탄만도 못하다. 차라리 죽어서 석탄이 되겠다. 이런 말을 심각하게 받아들이도록 했다.

김지하, 〈지옥〉

꿈꾸네
새를 꿈꾸네
새 되어 어디로나
나는 꿈을 미쳐 꿈꾸네
기름투성이 공장바닥 거적대기에
녹슨 연장 되어 쓰레기 되어
잘린 손 감아쥐고 새를 꿈꾸네
찌그러져도 미쳐 눈 감고 꾸네
하얀 연이 되고 꽃 피고 푸른 보리밭도 되고
미쳐 새가 되고 콩새가 되고
붉은 독촉장들이 수없이
새 되어 사라지고 가서 돌아오지 않고

끝없이 알 수 없는 공장문 밖 어디로나 끝없이
체납액 정리실적 복명서
세입인별 징수부 영수증 명세서 집계표 고지서
내 손을 떠나 파랑새도 되고
까마귀도 되어 사라지고 가고 없고
돌아오지 않고 아무것도 남기지 않고

기름투성이 공장바닥 거적대기에
멍청히 남은 갓스물
소화 20년제의,
아아 나는 낡아빠진
가와모도 반절기
찍어내고 찍어내고 잘리고 부러지고
헐떡거리며 지쳐 여위어 비틀거리며
녹슨 연장이 되어 찌그러져 미쳐 그래도
새를 꿈꾸며 잘린 손 감아쥐면
예쁜 색동이 되고
팔랑개비가 되고
고향집 벽에 붙은 빨간 딱지가 되고
꽃상여 되고
기어이 기어이
울음 우는 저 밤기차가 되고

꿈꾸네
새를 꿈꾸네
새 되어 어디로나
날으는 꿈을 미쳐 꿈꾸네
남진이 되어 남진이 되어
저 무대 위
저 사람들 위

저 빛나는 빛나는 조명등에 빛나는
저 트럼펫이 되어
외쳐보렴 목터져라 온 세상아 찢어져라 찢어져 없어져
사라져
호떡도 수제비도 잔업도 없는 무대 위에 남진이 되어 새 되어
사라져가렴 손가락아 제기랄!
아무 것도 아무 것도
뒤에는 아무것도 추억 하나도 남기지 않고 잘려나간
내 갓 스물아
영화나 되어
낮도 밤도 없는 시커먼 영등포
멍청히 남은
소화 20년제의
아아 나는 낡아빠진 가와모도 반절기.

한국 현대시인 김지하는 이렇게 노래했다. 낡은 기계를 가지고 험한 노동을 하는 구속된 삶에서 벗어나 자유를 누리고 싶은 청춘의 꿈을 몇 가지로 변조하면서 전달했다. 몸은 매여 있어도 마음은 어디든지 날아다닌다고 다채로운 상상을 했다.

박노해, 〈하늘〉

우리 세 식구의 밥줄을 쥐고 있는 사장님은
나의 하늘이다.

프레스에 찍힌 손을 부여안고
병원으로 갔을 때
손을 붙일 수도 병신을 만들 수도 있는 의사 선생님은
나의 하늘이다.

두 달째 임금이 막히고
노조를 결성하다 경찰서에 끌려가
세상에 죄 한번 짓지 않은 우리를
감옥소에 집어넣는다는 경찰관님은
항시 두려운 하늘이다.

죄인을 만들 수도 살릴 수도 있는 판검사님은
무서운 하늘이다.

관청에 앉아서 흥하게도 망하게도 할 수 있는
관리들은
겁나는 하늘이다.

높은 사람, 힘 있는 사람, 돈 많은 사람은
모두 우리의 생을 관장하는
검은 하늘이시다.

나는 어디에서
누구에게 하늘이 되나.
대대로 바닥으로만 살아온 힘없는 내가
그 사람에게만은
이제 막 아장아장 걸음마 시작하는
미치게 예쁜 우리 아가에게만은
흔들리는 작은 하늘이겠지.

아 우리도 하늘이 되고 싶다.
짓누르는 먹구름 하늘이 아닌
서로를 받쳐주는
우리 모두 서로가 서로에게 푸른 하늘이 되는
그런 세상이고 싶다.

박노해는 현대 한국 노동자의 항변을 시로 썼다. 제7연에서 "대대로 바닥으로 살아온 힘없"다고 한 노동자에게 "높은 사람, 힘 있는 사람, 돈 많은 사람은" 모두 "하늘"이라고 제6연에서 총괄해서 말했다. 그렇게 하기에 앞서 제1연에서 제5연까지 사장, 의사, 경찰, 판검사, 관리가 어떤 하늘인지 하나씩 구체적인 사실을 들어 설명했다.

"하늘"이라고 한 사람들은 자기의 생사를 좌우할 수 있으므로 두렵게 여겨 우러러본다고 하고, 투쟁의 대상으로 삼지는 않았다. 열악한 노동조건에 시달리고 부당한 탄압을 받으면서도 의식화되지 않은 착한 마음씨를 보여주었다. 제7연에서는 예쁜 아가에게는 자기도 하늘이고 싶다고 하고, 제8연에서는 "모두 서로가 서로에게 푸른 하늘이 되는" 세상을 원한다고 했다. 순진한 생각에서 나온 소박한 소망이다.

이런 순진함은 시인의 의도적인 선택이다. 시인의 창작이 아니고 작품 속의 노동자가 스스로 토로한 사연이라고 하기에 적합한 언사를 사용해, 목적의식과는 거리가 먼 노동자 문학이 자연발생적으로 출현했다고 알려지도록 했다. 노동자의 처지가 얼마나 처참한지 실감 나게 전하면서, 탄압이 심해 노동운동이 시작될 수 없는 상황을 타개하는 전술을 마련했다.

조기조, 〈구로동 아리랑〉

구로동 구종점 네거리 인력시장
가로등은 꺼지고 해는 높았는데
아라리요 아라리요 얼굴 보고 골라가고
쓰라리요 쓰라리요 덩치 보고 골라가고
팔려가지 못한 사람들 진눈깨비로 서성이네
서울에 일할 곳이 이다지도 없단 말가
일자리 없는 사람 이다지도 많단 말가

아리랑이 쓰리랑인가 쓰리랑이 아리랑인가
몇 개비 던져놓은 모닥불은 사그라지는데
찬바람에 멱살 잡히고 발만 동동 굴러보네
아리랑 동동 굴러보고 쓰리랑 동동 굴러보네
몇몇은 애가 타서 화투판 일당 벌어볼까
몇몇은 속이 쓰려 한잔 대포로 풀어볼까
구로동 고개 넘어간다 진양조로 넘어간다
일하고 싶네 일하고 싶어 젊어서 일해야지
늙어서도 일할 팔자 일하다가 죽고 싶네
아리랑 쓰리랑 아라리요 쓰라리요
혼자 남은 내 발길은 공단 쪽으로 돌려지는데
일하던 우리 공장은 문 닫은 지 석 달째라
아라리요 쓰라리요 쓰라리가 지라리요
밀린 월급 떼어먹고 도망간 사장님은
십 리도 못 가서 새 공장을 차렸다네.

한국 현대시인 조기조는 오늘날 노동자들의 삶을 이렇게 노래했다. 아리랑을 이어받아 새로운 사설을 전했다. 능청을 떨면서 풍자를 했다. 일하면서 억울한 처지가 되는 것보다 일하고 싶어도 하지 못하는 것이 더 큰 수난이라고 했다. 공장 문을 닫은 지 석 달째, 월급 떼어먹고 도망간 사장이 "십 리도 못 가서 새 공장을 차렸다네"라고 했다.

제6장
그릇된 세상

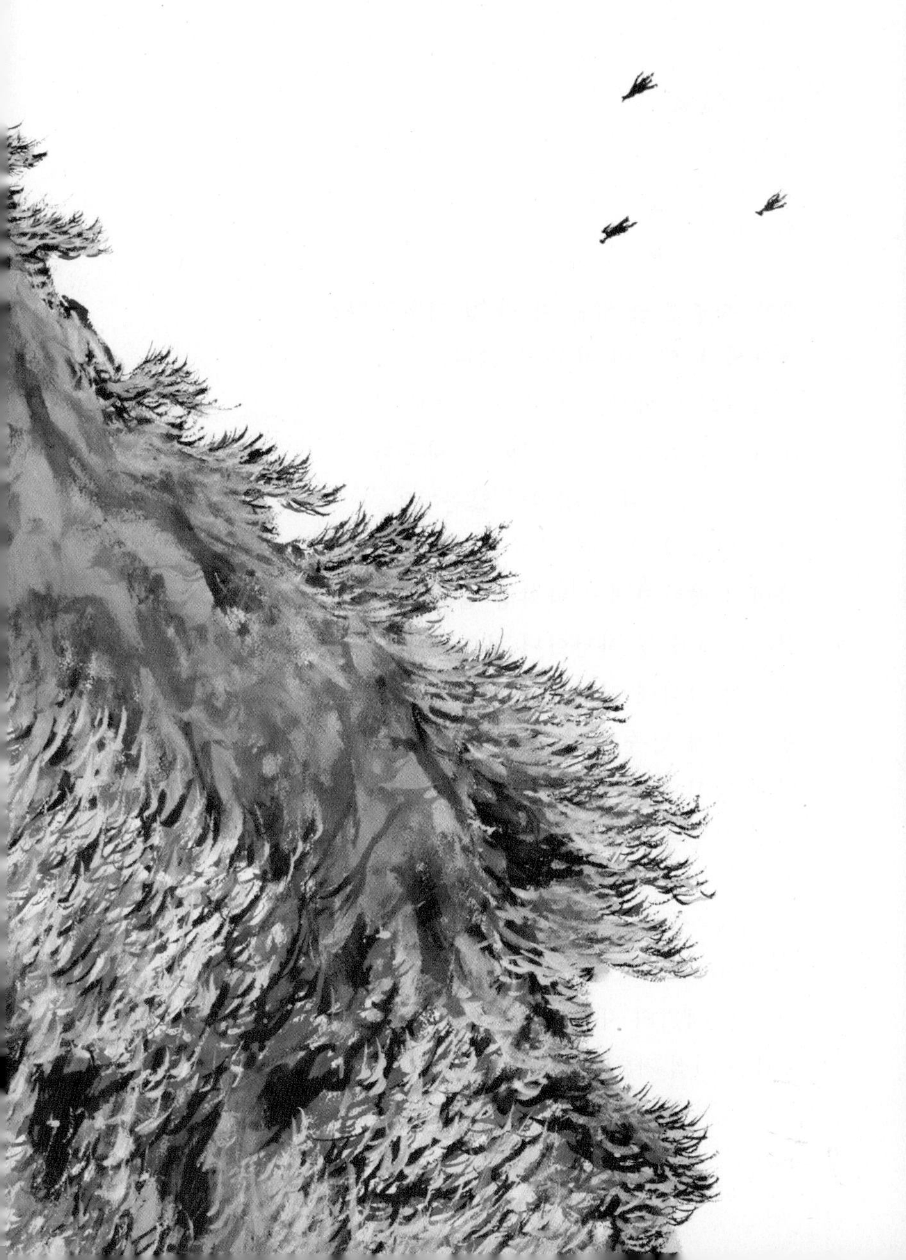

왕유(王維), 〈**우언**(寓言)〉

朱紱誰家子
無乃金張孫
驪駒從白馬
出入銅龍門
問爾何功德
多承明主恩
鬪雞平樂館
射雉上林園
曲陌車騎盛
高堂珠翠繁
奈何軒冕貴
不與布衣言

붉게 수놓은 옷 입은 이 뉘 집 자식인가?
권문세가 자손이 아닐 수 없다.
가라말과 망아지로 백마를 따르게 하고,
태자가 거처하는 궁궐 문을 드나든다.
묻노니, 너는 무슨 공덕이 있는가?
어진 임금의 은혜를 많이 입었을 따름이다.
날마다 평락관에서 닭싸움 즐기고,
상림원에서 꿩 사냥이나 하는구나.
골목과 거리에 거마가 성황을 이루고.
높은 집에 진주와 비취 북적이네.
어찌 할거나 높은 분 너무나도 고귀해
예사 사람들과는 말도 하지 않으려니.

왕유는 중국 당나라 시인이다. 여러 가지 시를 쓴 가운데 〈우언〉(寓言)이라는 풍자시도 있다. 두 수 가운데 첫 수를 든다. 권문세가의 자식들이 호화롭게 노는 것을 비판했다. 자기 시대를 직접 거론하지 않고 한나라 때의 고사를 들었다.

"金張"은 한 나라 때의 권신 김일제(金日┌)와 장안세(張安世)이다. "銅龍門"은 한나라 때 태자가 거처하는 궁궐을 드나드는, 구리로 용을 새겨놓은 문이다. "平樂館"은 한나라 때의 황실 오락장이다. "上林園"은 궁궐의 동산이다. "珠翠"는 진주와 비취를 패용한 첩들이다.

하이네Heinlich Heine, 〈거꾸로 된 세상Verkehrte Welt〉

Das ist ja die verkehrte Welt,
Wir gehen auf den Köpfen!
Die Jäger werden dutzendweis'
Erschossen von den Schnepfen.

Die Kälber braten jetzt den Koch,
Auf Menschen reiten die Gäule;
Für Lehrfreiheit und Rechte des Lichts
Kämpft die katholische Eule.

Der Häring wird ein Sansculott',
Die Wahrheit sagt uns Bettine,
Und ein gestiefelter Kater bringt
Den Sophokles auf die Bühne.

Ein Affe läßt ein Pantheon
Erbauen für deutsche Helden.
Der Maßmann hat sich jüngst gekämmt,
Wie deutsche Blätter melden.

Germanische Bären glauben nicht mehr
Und werden Atheisten;
Jedoch die französischen Papagei'n,
Die werden gute Christen.

Im uckermärk'schen Moniteur,
Da hat man's am tollsten getrieben:
Ein Toter hat dem Lebenden dort
Die schnödeste Grabschrift geschrieben.

Laßt uns nicht schwimmen gegen den Strom,
Ihr Brüder! Es hilft uns wenig!
Laßt uns besteigen den Templower Berg
Und rufen: «Es lebe der König!»

이거 거꾸로 된 세상이구나.
우리는 머리로 걷는다.
사냥꾼들이 몇 다발씩
도요새에게 사살된다.

송아지가 요리사를 튀기고,
말이 사람을 타고 간다.
교육의 자유, 빛의 권리를 위해
가톨릭의 올빼미들이 싸운다.

해링이 적극적인 공화주의자가 된다.
베티네가 진실을 말한다.
장화 신은 고양이가
소포클래스를 무대에 올린다.

원숭이가 독일의 영웅들을 위해
신전을 하나 건립한다.
마스만이 최근에 머리를 빗었다고
독일 신문들이 보도한다.

게르만의 곰들은 이제 믿음이 없어
무신론자가 되어간다.

프랑스의 앵무새들은
훌륭한 기독교 신자가 되어간다.

우케르마크의 모니퇴르에서는
가장 허황된 일이 일어났다.
죽은 자가 산 자를 위해
가장 모욕적인 묘비명을 썼다.

강물을 거슬러 헤엄치지는 말자.
그대 형제들이여! 도움이 되지 않는다.
템플로르 산에 올라가서
"임금님 만세!" 라고 소리를 치자.

독일 낭만주의 시인 하이네는 이 시에서 세상이 거꾸로 되었다고 하면서 세태를 풍자했다. 거꾸로 된 세상이 어떤 것인지 제1연부터 제2연의 전반까지에서는 알기 쉽게 설명했다. 제2연의 후반부터는 당시에 문제가 된 특정 인물들을 야유하는 본론을 폈다. 시사만평이라고 할 것을 종횡무진 폈다. 대강 무슨 말인지는 알 수 있으나, 구체적인 지식을 공유하지 못해 핍진하게 이해하기는 어렵다.

제2연의 "가톨릭의 올빼미들"은 프랑스 혁명 후 유럽을 지배한 반동적 복고주의자들이다. 제3연의 "해링"은 "Carl Wilhelm Häling"이라는 신학자이다. "베티네"는 "Bettina von Arnim"이라는 여성시인이다. "장화 신은 고양이"(le chat botté)는 프랑스 작가 페로(Charles Perrault)가 지은 동화의 주인공이다. "소포클래스"(Sophocles)는 고대 그리스의 극작가이다. 제4연에서 "원숭이가 독일의 영웅들을 위해 신전을 하나 건립한다"고 한 것은 바이에른의 왕 루드비히(Ludwig) 1세가 독일영웅기념관을 건립한 것을 두고 한 말이다. "마스만"(Hans Ferdinand Maßmann)은 독일고전을 연구하는 민족주의 학자이다. "우케르마크"는 독일 동북지방이다. "모니

퇴르"는 신문 이름이다. "템플로르"는 빌헬름(Wilhelm) 3세가 개선문을 세우게 한 베를린의 산이다.

사실 확인을 이 정도 하고, 무엇을 어떻게 말했는지 정리해 보자. 가톨릭의 올빼미들이 자유를 위해 싸우고, 해링이 적극적인 공화주의자가 되고, 베티네가 진실을 말하고, 마스만이 머리를 빗었다고 한 것은 정반대임을 나무라는 반어이다. 장화 신은 고양이가 소포클래스를 무대에 올리고, 죽은 자가 산 자를 위해 가장 모욕적인 묘비명을 썼다고 한 것은 무자격자의 횡포가 가소롭다고 하는 말이다. 누가 한 짓인지 알 수 있었으므로 이름은 들지 않았다고 생각된다. 독일의 영웅들을 위해 신전을 건립한 바이에른의 군주를 원숭이라고 폄하한 말은 박해를 받을 염려가 없어서 했을 것이다. 프러시아의 군주는 위세가 대단하므로 대세를 거스르면서 개선문을 헐뜯지 말고 칭송하는 만세를 부르자고 한 마지막 대목은 속마음과는 다른 반어이다.

고테린(吳世璘), 〈**세상을 겪어본 소리**(涉世音)〉

深山有虎狼
大潭有鯨鱷
世上有戈矛
此身何處托
鬧裏苦多蠅
靜裏苦多蚊
如何兩小蟲
偏看喫人身

깊은 산에는 호랑이와 이리,
큰 물에는 고래와 악어가 있고,
세상에는 갖가지 창이 있어,

이 몸을 어디다 의탁하랴.
시끄러운 곳에는 파리가 많아 괴롭고,
조용한 곳에는 모기가 많아 괴롭다.
어째서 이들 작은 벌레 들은
사람 고기만 먹으려 드는가.

고테린은 18세기 월남 시인이다. 시 제목을 세상일을 겪어 보고 하는 말이라고 했다. 크고 작은 가해자를 짐승에다 견주어 나무랐다. 호랑이나 이리, 고래나 악어같은 무리뿐만 아니라 피리와 모기에 지나지 않는 것들도 사람 고기를 먹으려고 해서 살 수 없다고 했다.

김병연(金炳淵), 〈**지사를 조롱한다**(嘲地師)〉

可笑龍山林處士
暮年何學李淳風
雙眸能貫千峰脈
兩足徒行萬壑空
顯顯天文猶未達
漠漠地理豈能通
不如歸飮重陽酒
醉抱瘦妻明月中

가소롭구나, 용산에 사는 임처사여.
늘그막에 어찌하여 이순풍을 배웠나?
두 눈으로 산줄기를 꿰뚫어본다면서
두 다리로 헛되이 골짜기를 헤매네.
환하게 드러난 천문도 오히려 모르면서
보이지 않는 땅속 일을 어찌 통달했으랴.
차라리 집에 돌아가 중양절 술이나 마시고

달빛 속에서 취하여 여윈 아내나 안아주시게.

김병연은 한국 조선후기 방랑시인이다. 삿갓을 쓰고 다녀 김삿갓이라고 했다. 여러 가지 풍자시를 지은 가운데 이런 것도 있다.

이순풍(李淳風)은 중국 당나라 사람으로 이름난 풍수였다고 한다. 임처사라는 위인이 이순풍의 풍수를 배워 땅의 이치를 안답시고 명당이라는 곳을 찾기 위해 수많은 산봉우리와 골짜기를 누비고 다녔으나, 모두 헛수고를 한 것이니 그만두고 집으로 돌아가라고 조롱했다. 믿고 따르는 사람이 많아 풍수가 행세하는 세태를 못마땅하게 여겼다.

작자 미상, 〈맹꽁이타령〉

윗 데 맹꽁이 다섯.
아랫 데 맹꽁이 다섯.
경모궁(景慕宮) 앞 연못에 있는 연잎 하나 뚝 따 물 떠 두르쳐 이고 수은 장수하는 맹꽁이 다섯.
삼청동(三淸洞) 맹꽁이, 유월 소나기에 죽은 어린애 나막신짝 하나 얻어 타고 갖은 풍류하고 선유(船遊)하는 맹꽁이 다섯.
사오 이십 스무 맹꽁이.

모화관(慕華館) 방송리(芳松里) 이주명(李周明)네 집 마당가에 포갬포갬 모이더니
밑의 맹꽁이 "아주 무겁다 맹꽁" 하니,
위의 맹꽁이 "무엇이 무거우냐? 잠깐 참아라. 작갑스럽게 군다" 하고
"맹꽁"
그 중에서 어느 놈이 상스럽고 맹랑스러운 숫맹꽁이냐?

녹수청산 깊은 물에 백수풍진(白首風塵) 흩날리고
손자 맹꽁이 무릎에 앉히고 "저리 가거라, 뒷태를 보자.
이리 오너라, 앞태를 보자. 짝짝궁 도리도리 길노래비
훨훨." 재롱부리는 맹꽁이 숫맹꽁이로 알았더니,

숭례문 밖 썩 내달아,
칠패 팔패 배다리 쪽제 굴네거리 이문동 사거리 청패
배다리.
첫 둘 셋 넷 다섯 여섯 일곱 여덟 아홉 열째 미나리 논의
방구 통 뀌고 눈물 꾀죄죄 흘리고 오줌 질금 싸고,
노랑머리 북쥐어뜯고 엄지 장가락에 된 가래침 뱉어 들
고 두 다리 꼬고,
깊은 방축 밑에 남이 알까 용 올리는 맹꽁이 숫맹꽁이인가?

한국에서 구전된 이 노래에서 맹꽁이는 맹꽁이 자체가 아니고 사람이다. 소견이 모자라 수준 이하의 행동을 하는 사람을 맹꽁이 같다고 하지 않는가. 맹꽁이 같은 짓을 하는 사람들의 모습을 흥미롭게 그려 세태를 풍자했다.

이 노래는 민요이기도 하고 사설시조이기도 하다. 사설이 일정하지 않고 바뀐다. 기록되어 전하는 자료 가운데 "모화관(慕華館) 방송리(芳松里) 이주명(李周明)네 집"이 있는 것을 택했다. 지금도 가창되지만 풍자가 퇴색되었다.

"경모궁"은 정조가 즉위하면서 지은 아버지 사도세자(思悼世子) 추모처이다. 가장 엄숙한 곳인데도 맹꽁이들이 몰려들어 재미있는 장난을 한다고 했다. 이어서 한 말에서도 "죽은 어린애 나막신짝 하나 얻어 타고 갖은 풍류하고" 논다고 해서, 죽음을 우습게 여기고 향락을 일삼는다고 기발한 표현을 갖추어 말했다. 놀기 위해 작당을 하는 무리가 숫자를 과시한다고 했다.

"모화관"은 중국 사신을 받들어 모시던 곳이다. 모화관이 있는 동네 이주명네 집 마당 가에서 맹꽁이들이 모여들어 이상

한 짓을 한다고 한 것은 예사로운 일이 아니다. "李周明"이라는 성명은 이씨 왕조의 李, 중국 주나라의 周, 명나라의 明으로 이루어진다. 이씨왕조가 주나라의 정통을 이었다는 명나라를 섬기는 것을 비꼬려고 지어낸 성명이다. 이주명네 집에 맹꽁이들이 모여들어 한다는 이상한 짓이 성행위이다.

제2연에서는 암수의 다툼을 문제 삼으려고 "어느 놈이 숫맹꽁이냐?"고 했다. 제3연과 제4연에서는 위세를 과시하는 잘난 맹꽁이가 숫맹꽁이다. 제3연에서는 집안에 들어앉아 손자의 재롱을 보고 좋아하는 맹꽁이가 숫맹꽁인가 하다가, 제4연에서는 서울 여러 동네를 돌아다니면서 이상한 짓거리를 일삼는 녀석들이 더 잘났다고 한다고 했다.

위엄을 무시하고 금기를 어기고 향락을 일삼으면서 잘났다면서 뻐기고 다니는 무리가 출현한 것이 새로운 세태였다. 위엄을 무시하고 금기를 어기는 것은 기분 좋지만, 잘났다면서 뻐기고 다니는 것은 꼴사납다. 이 두 가지 상반된 평가를 한꺼번에 하는 아주 흥미롭고 효과적인 방법을 사람이 하는 짓을 맹꽁이로 바꾸어놓고 그리는 데서 찾았다.

작자 미상, 〈서울아리랑〉

이씨의 사촌이 되지 말고
민씨의 팔촌이 되려무나.

남산 밑에다 장춘단을 짓고
군악대 장단에 받들어총만 한다.

아리랑 고개다 정거장 짓고
전기차 오기만 기다린다.

문전의 옥토는 어찌 되고,

쪽박의 신세가 웬 말인가?

밭은 헐려서 신작로 되고,
집은 헐려서 정거장 되네.

말깨나 하는 놈 재판소 가고,
일깨나 하는 놈 공동산(共同山) 간다.

아깨나 낳을 년 갈보질하고,
목도깨나 메는 놈 부역을 간다.

이것은 근래의 세태를 풍자한 민요이다. 서울에서 생겨났다고 〈서울아리랑〉이라고 한다. "아리랑 아리랑 아라리요 아리랑 배 띠워라 노다 가세"라는 여음이 뒤따르는데 적지 않았다. 수십 년에 걸쳐서 겪은 시대변화를 누적시켜 나타낸 각기 독립된 사설인데 연결시켜 이해할 수 있는 의미를 지닌다. 앞의 〈맹꽁이타령〉에서 문제삼은 세태가 그 뒤에 어떻게 되었는지 말했다고 할 수 있으나, 민요의 성격, 표현 방법, 전개 방식이 모두 다르다.

어떤 세태를 말했는지 확인해보자. 제1연에서는 외척 민씨의 세도 때문에 이씨 왕실이 무력하게 된 것을 말했다. 제2연에서는 신식 군대를 만들어 군악대 장단에 받들어총이나 하는 병정놀이로 나라를 지킬 수 없었다고 했다. 제3연에서 제5연까지에서는 전기차가 등장하고 신작로가 생기는 시대 변화 때문에 쫓겨나 유랑민이 되었다고 했다. 제6과 제7연에서는, 말하고 일하고 아이를 낳을 수 있는 젊은이들의 삶이 유린된다고 했다. 제1연에서 말한 사태 때문에 조선왕조가 약화되어, 제2연의 방책으로 나라를 지키지 못하고, 제3연에서 제5연까지의 과정을 거쳐 일본의 식민지가 되어, 제6연과 제7연에서 말한 처참한 지경에 이르게 되었다고 해서 민족수난사를 요약했다.

말을 간략하게 하면서도 취급한 범위는 하이네의 〈거꾸로 된 세상〉보다 더 넓다. 한 시기의 시사만평에 머무르지 않고, 오랜 기간에 걸쳐 일어난 역사적 변화가 빚어낸 세태를 준엄하게 나무랐다. 뜻 있는 시인이 분개하고 개탄하면서 쓴 시는 아니다. 민중이 공동으로 창작하고 전승하면서 어떤 슬픔이라도 흥겹게 노래하는 민요 아리랑으로 시대 비판을 했다. 민중의 슬기를 집약해 뛰어난 시를 만들어냈다. 아리랑 특유의 흥겨운 어조가 반어의 표면을 이루어 불필요한 반발을 줄이면서 비판의 강도를 높였다.

"말깨나 하는 놈 재판소 가고, 일깨나 하는 놈 공동산(共同山) 간다", "아깨나 낳을 년 갈보질하고"라고 한 것을 보자. "…깨나"와 "놈/년"을 되풀이해 모두들 가소로운 짓을 한다고 빈정대는 어투가 얄미워 누가 들어도 반발하도록 하고서, 심각한 항변을 안에다 숨겨 찾아내도록 하는 작전을 사용했다. 말을 하면 잡혀가 재판을 받고, 시키는 대로 일을 하다가는 죽어서 "공동산"이라고 한 공동묘지에 묻히고, 젊은 여성은 창녀 노릇이나 해야 하는 처참한 세태에 대한 고발과 항변이 이면의 주제임을 알아차리도록 했다. 식민지 민중의 수난을 작자 있는 어느 작품에서도 이렇게까지 극명하게 지적하지 못했다.

정치에 관한 풍자시는 대부분 박해를 피하려고 원고로 간직해야 했으며, 출판되어 알려진 것은 나중의 일이다. 평가해야 마땅하지만 공격의 효력이 제때 발현된 것은 아니다. 이 노래는 민족의 민요인 아리랑 사설이어서 글이 아닌 말로 짓자 바로 전달되고, 막을 방법이 없는 전파력을 가졌다.

김상훈, 〈경부선〉

끝없이 서로 합치 못할
슬픈 운명으로 마련된 두 줄 레일이여

우리들의 가장 소중한

국토의 가슴 위에 금을 그어서
그대 목매인 듯 무슨 아우성이
또 절망의 울음을 던지고 사라지느냐
옛날 제국주의의 모진 채찍을 실어올 때부터
우리들의 자랑스러운 푸른 하늘에
검은 연기만 끝없이 토해 왔느냐
농민들의 허리가 고목처럼 말라가도
밤을 새워 침략자의 무기를 실어 나른 너
열 손가락으로 깍지 끼어 끌어안은
어머니의 아들을 빼어서 가던 너
경부선이여
가난한 백성들의 설움과 노염을
침목처럼 깔고 너는 달리느냐
눈이 멀도록 기다리는
우리의 새 나라를 실어올 날은 언제냐

부산 항구에 낯선 무역선이 닿으면
산더미처럼 쌓인 상품을
부지런히 부지런히 실어 나르는
왜적의 그날부터 한길밖엔 구를 줄 모르는
너는 어찌하야 불을 먹고 사느냐

아아 이 차실에 가득
답답한 사람들은 모두 어디로 가는가
헤어나지 못할 숨 막힐 기류 속에
누가 마구 쓰러져 울고 있다

꿈 많은 나의 어린 시절을 실어 나르던
나의 육체의 굵은 혈맥처럼
끊임없이 오르내리는 잔인한 차륜이여

다시 자식을 빼앗긴 어머니의 눈알과
양담배 팔기에 입이 부은
이 땅 어린 것들의 처량한 목소리 속에
너는 무엇을 위하여 그리 숨이 가쁘냐

한국시인 김상훈이 광복 후의 현실을 말한 시이다. 경부선의 과거와 현재, 나르는 물자와 사람을 들어 세태를 묘사하는 큰 그림을 그렸다. 넓은 시야와 세밀한 관찰을 함께 갖추었다.

일제의 통치에서 벗어났어도 아직 암담한 현실을 근심하는 말을 경부선 철도에다가 대고 했다. 제국주의 침략을 위한 도구였던 경부선이 이제 해방된 조국을 가로질러 달리지만, 산적한 어려움을 타개하지 못하고 가중시키기나 한다고 개탄했다. 이런 사연이 "다시 자식을 빼앗긴 어머니의 눈알과/ 양담배 팔기에 입이 부은/ 이 땅 어린 것들의 처량한 목소리"에서 구체화되어 절실한 감동을 준다.

경부선 철도가 의미하는 것은 그뿐만 아니다. 시를 발표한 시기가 1948년 1월이어서 정치 정세가 유동적이었다. 그런데 첫 대목 "끝없이 서로 합치 못할/ 슬픈 운명으로 마련된 두 줄 레일이여"에서 남북 분단을 예견한 것 같다.

전영경, 〈사막환상(沙漠幻想)〉

서울에는 우리나라 정부가 있고 선거와 통일 전쟁과
　　　물건을 도맷금으로 흥정하는
썅통들이 사는 서울
서울에는 민주주의를 비판하는 자유와 고집과 입이 있다
두통거리의 학생과 지성과 판단이 있다
이것은 환경이라는 거추장스러운 내용이다
산다는 것은 노동이다

저마다 괴롭고 슬픈 것은 사정이 있다
가축과 여자를 지극히 사랑하며 다만 적과 남자만을
상대로 싸움을 할 뿐
가축과 여자
아이들은 절대로 건드리지 않고 죽이지 않는다는
불문율이 있다는 서울
코 베먹고 눈 빼먹는다는 서울에서 어떻게 하느냐 하면
하루 세끼의 밥을
풋고추에
고추장을 찍어먹는다면서
정치적 경제적 생활적 적적 덕에
어떻게 산다는 서울
동쪽 끝에도 가도 가도 비가 온다는 왕십리가 있고 서남
으로는 노량진에영등포
한남동에는 하이웨이 냉장고와 세탁기 싸워 등
불야성을 이루는 성냥곽 같은 외인주택이 소리치면서 있고
가난한 소시민들의 외양간 같은 삼간두옥들이 아이씨에
이 주택들을 부러워 하면서
쌍통 같이 서 있고
가끔 고깃근이나 먹도록 정치를 당부하는 이웃사촌들이
조국과 민족의 그늘에서 산다
어둡게 이렇게 산다
우리의 이태원 삼각지에는 가난하고 어질고
밑천이 짧은 외입장이들이 산다
우리의 약수동에는 앙칼지고 모질고 지독하게 돈맛을 아
는 관리나 비계덩어리들이 산다 금호동에는 인생
과 사업에 실패하고 다시 인생과 사업 황금을 꿈꾸는
어진 소시민들이 비에 젖어 산다
의사당 시청광장 무교동 근처에서
또다시 덕수궁 앞에서

이씨조선 오백 년 고궁 앞에서 시궁창에서
썅통들은 구두 대신 자동차를 신고 다닌다
국물이 있는 쪽으로 무지와 민권이 있는 쪽으로 헌법과
　　　법률 양심이 있는 쪽으로
생활에 하수도가 있는 쪽으로
된장국이 있고
김치에 깍두기에 밥에
보리밥에 밀가루떡에 군침을 흘리면서
나직이 다정스레 아니꼽게 변덕스럽게 불러보는
정말 불공평하게 불러보는 썅통들이 산다는 서울이다
시시한 것일수록 더욱 좋다
생각만 해도 가슴이 아픈 청춘을 회상하면서 꽃나무를
　　　꺾는다
오늘 우리들은 더러운 천사들에게 둘러싸여
서울의 지붕 밑에서
쓰러져가는 이 집에서
생존경쟁 이런 것들이 급속히 사회의 불평을 창조했다고
　　　불만을 토로하다가도
상한 기억들을 웃어넘기면서
우둔한 건 체중이나 안아본다는
이것은 천하일품이 아닐까
두 연놈의 안방의 사랑은
아교 같고 사탕 같고 꿀 같고 연놈의 한 몸 한 덩어리는
고기 같고 물 같고
언덕과 고개를 넘어서는 연과 놈은
그만 썅통이 된다는 서울의 밤
서울에서는 돈 없는 썅통은 사람이 아니다
그렇게 서울에서는 돈 없는 썅통들은 사람이 아니다
　　　사람이 아니다

전영경은 1950、60년대에 활동하던 시인이다. 그 시기 한

국의 현실에 대해 불만을 가지고 비꼬는 어조로 풍자시를 썼다. 시 제목에서 서울은 사막이라고 하고, 사막에 기대를 거는 것은 환상이라고 암시했다. 이에 관한 구체적인 해명은 없다. 불만이 가득해 이 말 저 말 늘어놓는다. 논리적 연결은 생각하지 않는다. 빈정대면서 중얼거리는 것이 불만 표출의 방법이고 해소의 방법이다. 누구를 나무라는지 공격하는 목표는 분명하지 않다.

"쌍통"이라는 말이 거듭 나온다. 무슨 뜻인가? 사람의 얼굴을 속되게 일컫는 "상통"에다 반감을 보태 "쌍통"이라고 하고, 강도를 높여 "썅통"이라고 한 것 같다. 보기 싫은 얼굴 또는 못난 얼굴이 "쌍통"이다. 보기 싫은 쪽은 나무라고 못난 쪽은 옹호하는 것은 아니다. 사람 사는 것이 다 그렇고 그렇다는 말이다.

서울 이곳저곳을 들어 누가 사는 곳인지 들먹이는 것이 〈맹꽁이타령〉과 흡사하다. 곳에 따라 사는 사람들이 다르다고 하는 것 같은데 구분이 뚜렷하지 않다. "연놈의 한 몸 한 덩어리"를 들추어내서 사는 모습을 그린 것도 상통하지만 풍자는 사라졌다.

오든W. H. Auden, 〈**무명 시민**The Unknown Citizen〉

(To JS/07 M 378 This Marble Monument Is Erected by the State)

He was found by the Bureau of Statistics to be
One against whom there was no official complaint,
And all the reports on his conduct agree
That, in the modern sense of an old-fashioned word, he was a saint,
For in everything he did he served the Greater Community.
Except for the War till the day he retired
He worked in a factory and never got fired,
But satisfied his employers, Fudge Motors Inc.
Yet he wasn't a scab or odd in his views,

For his Union reports that he paid his dues,
(Our report on his Union shows it was sound)
And our Social Psychology workers found
That he was popular with his mates and liked a drink.
The Press are convinced that he bought a paper every day
And that his reactions to advertisements were normal in every way.
Policies taken out in his name prove that he was fully insured,
And his Health-card shows he was once in hospital but left
it cured.
Both Producers Research and High-Grade Living declare
He was fully sensible to the advantages of the Instalment Plan
And had everything necessary to the Modern Man,
A phonograph, a radio, a car and a frigidaire.
Our researchers into Public Opinion are content
That he held the proper opinions for the time of year;
When there was peace, he was for peace: when there was
war, he went.
He was married and added five children to the population,
Which our Eugenist says was the right number for a parent of
his generation.
And our teachers report that he never interfered with their education.
Was he free? Was he happy? The question is absurd:
Had anything been wrong, we should certainly have heard.

(To JS/07 M 378 이 대리석 기념물은 국가가 세웠다.)

통계국에 의해 판명되었다,
이 사람은 관청에 불평을 한 적이 없었다고.
행위에 관한 모든 보고서가 의견이 일치한다.
옛날 말의 현대적 의미에서, 이 사람은 성자였다고.
모든 면에서 사회를 위해 봉사했다.
전쟁 때를 제외하고, 은퇴할 때까지
공장에서 일했으며, 해고된 적 없다.

피지 자동차회사 고용주들을 만족시켰다.
노동조합을 등지지 않았으며, 별난 생각을 하지도 않았다.
회비를 냈다고 노동조합에서 보고했다.
(노동조합에 관한 우리 보고서가 그것이 올바르다고 한다.)
사회심리학 연구원들은 발견했다.
이 사람이 동료들에게 인기가 있고 술을 좋아했다고.
신문사는 이 사람이 매일 신문을 구독했으며,
광고에 대해 정상적인 반응을 보였다고 확신한다.
보험증권이 보험에 가입한 사실을 입증한다.
보건증이 병원에 한 번 입원하고 퇴원한 사실을 보여준다.
생산자연구소와 생활향상연구소가 밝히듯이,
이 사람은 할부제도의 혜택을 잘 알았다.
현대인에게 필요한 것들을 모두 갖추었다.
사진기, 라디오, 자동차, 그리고 냉장고.
우리 여론조사자들은 만족스러워한다,
시사 문제에 대해 적절한 의견을 갖추어.
평화 시에는 평화를 지지하고, 전쟁이 나면 종군했다.
결혼을 해서 다섯 아이를 인구에 보탰다.
우생학자들은 그 시절 부모에게 적절한 숫자라고 한다.
교사들은 이 사람이 자녀 교육에 간섭하지 않았다고 한다.
이 사람은 자유로웠나, 행복했나? 이런 질문은 엉뚱하다.
무언가 잘못되었으면, 우리가 당연히 보고를 받았을 것이다.

영국의 근대시인 오든이 이런 시를 썼다. 〈무명시민〉은 무명용사(The Unknown Soldier)를 연상하게 하는 제목이다. 무명인 점에서는 무명용사와 같지만, 국가를 위한 공훈이 칭송되지 못하고, 국가 권력의 통제를 받으면서 살다가 죽은 평범한 시민의 일상적인 삶을 시 같지 않은 시에서 다루었다. 주어진 규범에 매몰되어 자아를 상실한 것이 훌륭하다고 해야 하는지 비꼬는 어투로 시비했다.

"To JS/07 M 378 이 대리석 기념물은 국가가 세웠다"고 하는 것은 주민등록번호 같은 번호를 넣고 국가에서 대리석으로 무덤 표시판을 만들었다는 말이다. “성자였다”는 것은 얌전하게 살아 성자처럼 훌륭했다는 말이다. 아무 문제가 없는 평범한 개인에게 여러 기관에서 감시와 조사를 하고 서류를 작성하는 사회이다. 수많은 기관의 갖가지 별난 서류가 사람을 얽어매는 것을 빈정대면서 비판했다.

문병란, 〈도둑놈〉

도둑은 보이지 않는 곳에서
우리들의 눈과 시간을 훔친다.
태연하고 여유 있게 길을 걷고
우리들에게 손을 내밀고 능청을 피운다.

양심의 그늘에다 오줌을 갈기고
어둠의 왕국에서 제왕이 된 도둑놈.
그는 어떻게 해서
남의 것을 자기 소유로 바꾸어 놓았는가.

어느 날 나의 신성한 공화국에 와서
자유와 시민권 사이를 넘나들며
내 가장 귀중한 것을 훔쳐간
보이지 않는 도둑놈.
그는 지금 어디서 웃고 있는가.

육법전서 속에서 진리를 훔치며
성서 속에서 양심을 훔치며
보이지 않는 것에서
도둑을 만드는 또 하나의 도둑놈.

어느 문서의 빈칸에서
오입(誤入)된 숫자를 훔치고
십자가 아래서 은혜를 훔치는
검은 손들 — 그들이 노리는 것은 무엇인가.

부드러운 빛깔의 넥타이를 매고
안경 너머로 악수를 청하며
내 마음을 빼앗아간 도둑놈아,
회심의 미소를 띠고 앉아
죄와 육법전서 사이를 오가며
기도와 성서 사이를 오가며

보이지 않는 곳에서 모의를 하고
밤의 어둠 속을 밀항하며
항구와 도시, 배꼽과 사타구니 사이를
오가는 두 개의 손,
그들의 국적은 무엇인가.
오늘은 한 줄기 선심 속에 숨어서
우리들의 가난과 슬픔을 훔쳐가고
마침내 한 방울 눈물까지 훔쳐간
그들은
도둑을 잡는 사람들의 손길 속,
오늘의 잠든 양심 속에 숨어 있고
너와 나의 비겁한 마음 속
조국의 병든 치부에 숨어 있다.

여기는
도적의 도심(盜心)을 도적맞는 도적의 마을.

한국 현대시인 문병란이 이 시에서 세상을 망치는 도둑을 규탄했다. 모습을 드러내지 않고 정체가 불분명한 도둑이 정치를 망치고, 법을 유린하고, 양심이 멍들게 한다고 분노했다. 모든 것이 잘못되는 이유는 도둑에게 유린되기 때문이라고 했다.

그러나 도둑을 잡기 위해 나서서 싸워야 한다고 하지는 않았다. 도둑은 "한 줄기 선심 속"에, "너와 나의 비겁한 마음 속"에 숨어 있다고 했다. 안이한 선심에 머무르지 말고 사리를 바로 판단하며, 비겁한 마음을 버리고 용기를 가지면 도둑을 물리칠 수 있다고 했다. 불교에서, 마구니를 마음에서 만들어내니 마음을 바로잡아 물리쳐야 한다는 것과 같은 말을 했다.

마지막 연에서 "여기는/ 도적의 도심(盜心)을 도적맞는 도적의 마을"이라고 한 것은 무슨 말인가? 앞뒤를 이어보면 "여기는 도적의 마을"이라고 했다. 우리가 살고 있는 이 세상은 선량한 사람들인 우리의 마을이 아니고 도적이 지배하는 도적의 마을이라고 했다. 그러면서 "여기는" 또한 "도적의 도심(盜心)을 도적맞는" 곳이라고 했다. 도적이 아무리 우리를 괴롭히려고 해도 우리가 마음을 바로잡으면 도적이 도적 마음을 잃어버린다고 했다.

제7장
잘못을 바로잡으려고

권필(權韠), 〈**충주석**(忠州石)〉

忠州美石如琉璃
千人劚出萬牛移
爲問移石向何處
去作勢家神道碑
神道之碑誰所銘
筆力倔强文法奇
皆言此公在世日
天姿學業超等夷
事君忠且直
居家孝且慈
門前絶賄賂
庫裏無財資
言能爲世法
行足爲人師
平生進退間
無一不合宜
所以垂顯刻
永永無磷緇
此語信不信
他人知不知
遂令忠州山上石
日銷月鑠今無遺
天生頑物幸無口
使石有口應有辭

충주의 아름다운 돌 유리와 같아
천 사람이 캐내고 만 바리 소로 실어 나르네.
묻노니 돌을 어디로 옮겨가는가?
가서는 세도가의 신도비를 만든다네.
신도비에는 누구의 행적을 새기는가?
필력도 굳세고 문장의 법식마저 특이하게,

"모두 일컫기를 이분은 세상에 계실 적에
천품과 학업이 뛰어났다고 하네.
임금 섬기는 데는 충성과 강직이요,
집에서는 효도하고 자애로웠네.
문전에서 뇌물을 끊고,
창고에는 재물이 없었네.
말은 능히 세상의 법도가 되고
품행은 족히 남의 스승이 되었네.
평생 나아가고 물러난 바가
하나도 알맞지 않은 것이 없었네.
그런 까닭에 뚜렷이 새겨놓아
영원토록 변치 않기 바라네."
이 말을 믿건 믿지 않건,
남들이 알아주건 알아주지 않건,
드디어 충주 산 위의 돌은
날로 달로 줄어들어 이제 남은 것이 없네.
하늘이 무딘 것을 낼 때 입이 없게 해서 다행이지,
돌에 입이 있다면 응당 할 말이 있으리라.

잘못된 세상을 정면에서 규탄하면 박해를 불러와 희생될 수 있다. 잘못을 바로잡기 위해 풍자의 수법을 사용하는 것이 슬기로운 작전이다. 한국 조선시대 시인 권필이 좋은 본보기를 보여주었다. 고관대작의 행적을 새겨 무덤 입구에 세우는 신도비(神道碑)를 함부로 쓰는 문인들을 나무라는 말로 고관대작에 대한 간접적인 공격을 했다.

신도비에 적는 고인의 행적이라고 든 것이 상투적인 미사여구이다. 실상은 그 반대임을 말하지 않았으나 알아차릴 수 있다. 그런 헛된 수작을 새겨놓으려고 돌을 캐내 운반하도록 해서 자연을 훼손하고 노동력을 착취한다고 나무랐다. 진실이 무엇인지 묻지는 않고 수식하고 꾸미는 재주를 자랑하는 문인들이 권력에 아부해 후대인까지 속이려고 한다고 비판했다.

돌이 입이 있으면 응당 하리라고 한 말을 자기가 맡아 권력자에 대한 하층민의 반발을 대변했다.

특정인을 거론한 것은 아니다. 문제가 될 말이 작품 문면에 하나도 없다. 그런데도 풍자시를 짓는 것을 권력자들이 못마땅하게 여겼다. 정면에서 공격하지 않고 풍자를 선택하면 안전한 것은 아니다. 권필은 다른 풍자시 때문에 귀양 가다가 죽었다. 권필은 시 때문에 순절한 시인이다.

김광규, 〈묘비명〉

한 줄의 시는커녕
단 한 권의 소설도 읽은 바 없이
그는 한평생을 행복하게 살며
많은 돈을 벌었고
높은 자리에 올라
이처럼 훌륭한 비석을 남겼다.
그리고 어느 유명한 문인이
그를 기리는 묘비명을 여기에 썼다.
비록 이 세상이 잿더미가 된다 해도
불의 뜨거움 굳굳이 견디며
이 묘비는 살아남아
귀중한 사료(史料)가 될 것이니,
역사는 도대체 무엇을 기록하며
시인은 어디에 무덤을 남길 것이냐.

한국 현대시인 김광규는 권필의 〈충주석〉과 상통하는 풍자시를 썼다. 사설이 단순하고 풍자의 묘미가 모자라지만, 견주어보기 위해 나란히 놓는다. 몇백 년이 지났어도, 그릇된 세태가 이어지고, 시인이 해야 하는 일도 달라지지 않았다.

돈 많이 벌고 높은 자리에 오른 위인이, 어느 유명한 문인에게 부탁해 쓴 훌륭한 비문이 후대인까지 속여 귀중한 사료가 될 것이라고 개탄했다. 그러면 "역사는 도대체 무엇을 기록"할 것인가 하고 물었다. 잘못을 따지는 자기와 같은 "시인은 어디에 무덤을 남길 것이냐"하고 개탄했다.

윤동재, 〈사리〉

늦가을 가야산 해인사
성철 스님의 다비장
몰려든 사람들 틈에 끼여
부처님과 조주 선사의 얼굴도 보였습니다

성철 스님이
유명하긴 유명하구나
불교 역사 천육백여 년이면
나라 밖에까지 알려진
대선사 한 명쯤은
그래 그래 나올 만하지

다비가 끝나고 사리를 거두고 있을 때
사람들은 그제서야
부처님과 조주 선사가 오신 걸 알고
이들도 다비하여 사리를 얻자며
부처님과 조주 선사를
다비장으로 끌어내리려고
우루루 달려들었습니다

부처님과 조주 선사는
어디서 그런 힘이 솟아났는지

사람들을 밀치고
홍류동 계곡 쪽으로
냅다 달아났습니다

사람들이 더 이상 따라오지 않자
조주 선사가 부처님에게 말했습니다
부처님 사리는 왜 남겨두셨습니까
이번 기회에 아주
부처님의 사리부터 없애버리십시오
부처님의 사리부터 없애버리십시오

한국 현대시인 윤동재가 이런 시를 지었다. 고승이 세상을 떠나면 다비를 하고 수습한 사리를 숭앙하는 것도 고금이 다르지 않다. 그것이 얼마나 훌륭한 일인가?

서두에서 성철 스님이 대단해 다비를 할 때 많은 사람이 모여든 것이 당연하다고 했다. 부처님과 함께, 중국 당나라 때 이름을 날린 조주(趙州) 대선사(大禪師)의 얼굴까지 보였다고 했으니 얼마나 대단한가. 시인의 상상력이 대단하다고 할 만하다. 성철의 명성이 국외에까지 널리 알려져 국위를 선양하고 한국인의 자존심을 드높인 것처럼 말했다. 기분 좋다고 할 것인가?

제3연에서부터는 대역전이다. 몰려든 사람들이 성철의 사리로 만족하지 못하고, 부처님과 조주까지 다비장으로 끌고 가서 사리를 만들려고 했다고 했다. 그렇다. 사람들이 원하는 것은 사리이다. 사리를 천하제일의 보물로 여겨 다비하면 사리가 나오는 고승을 대단하게 여긴다. 부처님과 조주는 성철의 사리보다 월등한 가치를 가지는 사리를 얻을 수 있으니 다비장으로 끌고 가고자 한 것이 당연하다.

제4연에서 부처님과 조주가 가까스로 탈출했다고 하고, 제5연에서는 조주가 부처님에게 "부처님 사리는 왜 남겨두셨습니까?" "부처님의 사리부터 없애버리십시오"라고 했다. 사리 신앙을 만든 장본인은 부처님이다. 모든 것이 무상(無常)이고 공(空)이라고 하면서 사리를 남겨 신앙의 대상으로 삼게 했으니 아주 잘못 했다. 우상숭배를 만들어낸 책임을 묻지 않을 수 없다.

사리를 없애야, 사리를 기대하게 하는 명성이 생기지 않고, 명성을 바라고 하는 술책도 없어져, 일체의 허위에서 벗어날 수 있다. 불교에서 공인하는 허위를 불교의 이치를 철저하게 갖추어 격파했다. 우연히 목격한 사실을 대수롭지 않게 이야기하는 듯이 하고서, 세상을 바로잡는 길을 열었다.

박진환, 〈개 같은 놈이 있는 게 다행이다〉

세상이 온통
개만도 못한 놈들 차지인데
개 같은 놈이 있는 게
다행이다.

낯설면 짖고
익으면 꼬리 치는 충실한 본능과
배반을 모르는 순종과 충정
의리로 사는
어디 개 같이 살기가 그리 쉬운가.

다행이다
충성 · 의리 · 신의 다 뿌리치고
개만도 못한 놈들이 큰소리치고
사는 세상에
개 같은 놈들이 더러 끼여 있는 게
다행이다.

개만도 못한 놈과
개 같은 놈
그 어느 쪽에 우린 서 있는가.

한국 현대시인 박진환이 그릇된 세태를 기발한 풍자시를 지어 나무랐다. 저열한 인간은 "개 같은 놈"이라고 나무라는 논법과 그 근거가 되는 사고방식이 부당하다고 했다. "충성、의리、신의 다 뿌리치고 개만도 못한 놈들이 큰소리치고/ 사는 세상에/ 개 같은 놈들이 더러 끼여 있는 게/ 다행이다"라고 했다.

개 같은 놈이 지키는 "충성、의리、신의"가 최상의 덕목은 아니다. "충성、의리、신의" 상위의 "정성、진리、정의"를 추구하는 것은 개는 하지 못하고 사람이라야 실행할 수 있는 도리임을 말하지 않고, 개만도 못한 놈과 개 같은 놈의 비교론만 전개했다. 시가 끝난 데서 더욱 소중한 논의를 시작해야 한다.

김남주, 〈똥파리와 인간〉

똥파리에게는 더 많은 똥을
인간에게는 더 많은 돈을
이것이 나의 슬로건이다

똥파리는 똥이 많이 쌓인 곳에 가서
떼지어 붕붕거리며 산다 그곳이 어디건
시궁창이건 오물을 뒤집어쓴 두엄더미건 상관 않고

인간은 돈이 많이 쌓인 곳에 가서
무리지어 웅성거리며 산다 그곳이 어디건
범죄의 소굴이건 아비규환의 생지옥이건 상관 않고

보라고 똥 없이 맑고 깨끗한 데에 가서

이를테면 산골짜기 옹달샘 같은 데라도 가서
아무도 보지 못할 것이다 떼 지어 사는 똥파리를

보라고 돈 없이 가난하고 한적한 데에 가서
이를테면 두메산골 외딴 마을 깊은 데라도 가서
아무도 보지 못할 것이다 무리지어 사는 인간을

산 좋고 물 좋아 살기 좋은 내 고장이란 옛말은
새빨간 거짓말이다 똥파리에게나 인간에게나
똥파리에게라면 그런 곳은 잠시 쉬었다가
물찌똥이나 한번 찌익 깔기고 돌아서는 곳이고
인간에게라면 그런 곳은 주말이나 행락 철에
먹다 남은 찌꺼기나 여기저기 버리고 돌아서는 곳이다

따지고 보면 인간이란 게 별것 아닌 것이다
똥파리와 별로 다를 게 없는 것이다

한국 현대시인 김남주는 오늘날의 세태를 이렇게 풍자했다. 똥파리는 똥이 많은 데서 살고, 인간은 돈이 많은 데서 사니 별로 다를 게 없다고 했다. 인간이 돈을 너무 좋아하는 것을 신랄하게 비판했다.

캠프Elton Camp, 〈절도품 소지자 심문Stealers-Keepers is Being Questioned〉

If something has been stolen long enough
Then is it all right simply to keep the stuff?

The Guggenheim some art to Italy has sent
Illicit when bought, they had more than a hint

To the original owner, stolen stuff should go
At least United States law tells everyone so

Demands of owners have museums in a scare
Requests for return of what shouldn't be there

Greece for return of the Elgin Marbles does speak
The way England got them of larceny does reek

Egypt, country of origin of the Rosetta Stone
Says it was an outrage how it came to be gone

If your fine automobile some crook should steal,
What if you should spot the thief behind the wheel?

"That property's mine and I absolutely want it back.
And from you, you thief, I want to hear no slack."

Will Mexico perhaps someday make a similar claim
"For stealing half our whole country you are to blame."

We were told of "Manifest Destiny" back in school
It made American imperialism sound sort of cool

It glosses over an exercise in raw military powers
"People, what you have is now going to be ours."

If, to endorse this idea, yourself you did first find
Did the idea about Mexico then change your mind?

It's easy to be in favor of justice in the abstract
Not as much in the face of an inconvenient fact

On these controversies, I take no particular side

Demands are intensifying and are harder to hide

남의 소유물을 훔쳐 간 지 무척 오래 된다면,
그 물건을 소지하는 것이 아주 정당한가?

구겐하임 미술관이 미술품을 불법으로 구입해
이탈리아에 보낸 것은 힌트 이상의 사례이다.

훔친 물건은 마땅히 주인에게 돌려주어야 한다.
미국 법에서도 어쨌든 누구나 이래야 한다고 한다.

소유자들의 요구가 여러 미술관을 두렵게 한다.
거기 있지 않아야 할 것들을 돌려달라고 하니.

그리스는 엘긴 대리석의 반환을 요구하고 있다.
영국이 획득한 방식에는 절도 혐의가 있다.

로제타 비석의 원래 소유주인 나라 이집트는
불법 행위로 국외에 반출되었다고 말한다.

네가 가진 좋은 자동차를 누가 훔치러 온다면,
숨어 있는 도둑을 찾아내면 어떻게 하겠나?

"이것은 내 재산이다. 반드시 돌려주어야 한다.
이 도둑놈아, 변명하는 소리는 듣기 싫다."

멕시코도 어느 날 같은 요구를 할 것이다.
"우리의 국토 반이나 빼앗은 너는 나쁘다."

'명백한 사명' 이라는 구호를 학생 시절에 들었다.
그것으로 미국 제국주의가 멋진 소리를 내게 한다.

그것으로 군사력 자랑에 윤기를 내는 겉치레를 한다.
"사람들이여, 너희가 가진 것은 이제 우리 것이 된다."

이 주장을 시인한다면, 너 자신을 먼저 찾아야 한다.
멕시코에 적용한 주장이 네 마음도 바꾸었단 말인가?

추상적인 차원에서 정의를 옹호하는 것은 쉬운 일이다.
어떻게 하지 못할 사태에 직면하면 사정이 다르다.

이런 논란을 펴면서 나는 어느 편에 서지는 않는다.
내심의 요구가 너무 강렬해 덮어두지 못할 따름이다.

캠프는 미국 현대시인이다. 생물학 교수를 하면서 이런 시를 썼다. 정형시를 만들려고 어순을 바꾸고 말을 다듬어, 원작의 모습을 번역에서 살리기 어렵다. 시를 잘 만드느라고 생략한 내용을 알아차리고 이해해야 한다.

원문의 제목을 그대로 옮기면 〈절도자와 절도품 소지자 심문〉이다. 절도뿐만 아니라 절도품을 소지하고 있는 것도 죄이다. 남의 것을 훔치고서, 오랫동안 가지고 있으면서 자기 것이라고 하는 범죄자들을 법정에 세워놓고 심문하는 것 같은 시이다. 국제관계에 있었던 거대한 규모의 절도 행위를 나무라고, 강대국의 침략을 규탄했다.

거론한 사례에 설명이 필요한 것들이 있다. 구겐하임(Guggenheim)은 미국 뉴욕에 있는 거대한 규모의 현대미술관이다. 무엇을 불법으로 거래를 했는지는 확인되지 않는다. 경미한 사례부터 들려고 먼저 말한 것 같다.

엘긴 대리석(Elgin Marbles)은 그리스 아테네 파르테논(Parthenon) 벽면을 장식하고 있던 조각품 연작이다. 훼손하고 적출해 영국으로 반출한 사람의 이름을 따서 "엘긴 대리석"이라고 일컬어 단순한 대리석인 줄 알도록 하고, 엄청난 귀중품을 훔친 범죄를 감추는 술책을 썼다. 지금은 영국박물관(British Museun) 한 방에 전시해 놓고, 그리스의 반환 요구를 묵살한다.

로제타 비석(Rosetta Stone)은 이집트의 국왕 프톨레미 5세(Ptolemy V)를 위해 기원전 196년에 세운 비석이다. 고대 이집트어, 당대 입말[口語], 고대 그리스어, 이 세 나라 말을 병기해 놓아, 고대 이집트어를 해독해 천고의 의문을 푸는 단서를 제공했다. 이것도 지금 영국박물관에 있다.

'명백한 사명'(Manifest Destiny)이라는 것은 미국이 하느님의 지시로 정복과 팽창을 해야 하는 사명을 지녔다고 하는 주장이다. 이런 것을 애국주의를 고취하는 국시로 삼아 학교에서 가르친다고 개탄했다.

그러고는 미국이 멕시코를 침공해 국토를 절반이나 빼앗은 것이 엄청난 절도임을 알도록 했다. "멕시코도 어느 날 같은 요구를 할 것이다." "우리의 국토 반이나 빼앗은 너는 나쁘다." 이 대목이 특히 중요하다. 자기가 미국 사람이면서 미국의 제국주의가 합리화되는 것을 용납하지 못한다고 했다.

문병란, 〈가난〉

(가난이야 한낱 남루에 지나지 않는다 - 서정주)

논 닷 마지기 짓는 농부가
자식 넷을 키우고 학교 보내는 일이
얼마나 고달픈가 우리는 다 안다
집 한 칸 없는 소시민이
자기 집을 마련하는 데
평생을 건다는 것을 우리는 안다
네 명의 새끼를 키우고

남 보내는 학교도 보내고
또 짝을 찾아 맞추어 준다는 것이
얼마나 뼈를 깎는 아픔인가를
새끼를 키워 본 사람이면 다 안다
딸 하나 여우는 데 기둥뿌리가 날아가고
새끼 하나 대학 보내는 데 개똥논이 날아간다
하루 여덟 시간 하고도 모자라
안팎으로 뛰고 저축하고
온갖 궁리 다하여도 모자란 생활비
새끼들의 주둥이가 얼마나 무서운가 다 안다
그래도 가난은 한갓 남루에 지나지 않는가?
쑥구렁에 옥돌처럼 호젓이 묻혀 있을 일인가?
그대 짐짓 팔짱 끼고 한눈 파는 능청으로
맹물을 마시며 괜찮다 괜찮다
오늘의 굶주림을 달랠 수 있는가?
청산이 그 발 아래 지란을 기르듯
우리는 우리 새끼들을 키울 수 없다
저절로 피고 저절로 지고 저절로 오가는 사계절
새끼는 저절로 크지 않고 저절로 먹지 못한다
지애비는 지어미를 먹여 살려야 하고
지어미는 지애비를 부추겨 줘야 하고
사람은 일 속에 나서 일 속에 살다 일 속에서 죽는다
타고난 마음씨가 아무리 청산 같다고 해도
썩은 젓갈이 들어가야 입맛이 나는 창자
창자는 주리면 배가 고프고
또 먹으면 똥을 싼다
이슬이나 바람이나 마시며
절로절로 사는 무슨 신선이 있는가?
보리밥에 된장찌개라도 먹어야 하는
사람은 밥을 하늘로 삼는다

사람은 밥 앞에 절을 한다
그대 한 송이 국화꽃을 피우기 위해
전 우주가 동원된다고 노래하는 동안
이 땅의 어느 그늘진 구석에
한 술 밥을 구하는 주린 입술이 있다는 것을 아는가?
결코 가난은 한날 남루가 아니다
입었다 벗어 버리는 그런 헌옷이 아니다
목숨이 농울쳐 휘어드는 오후의 때
물끄러미 청산이나 바라보는 풍류가 아니다
가난은 적, 우리를 삼켜버리고
우리의 천성까지 먹어버리는 독충
옷이 아니라 살갗까지 썩혀버리는 독소
우리 인간의 적이다 물리쳐야 할 악마다
쪼르륵 소리가 나는 뱃속에다
덧없이 회충을 기르는 청빈낙도
도연명의 술잔을 빌어다
이백의 술주정을 흉내 내며
괜찮다! 괜찮다! 그대 능청 떨지 말라
가난을 한 편의 시와 바꾸어
한 그릇 밥과 된장국을 마시려는
저 주린 입을 모독하지 말라
오 위선의 시인이여, 민중을 잠재우는
자장가의 시인이여.

한국 현대시인 문병란은 이 시에서 서정주를 나무랐다. 서정주는 "위선의 시인"이고, "민중을 잠재우는 자장가 시인"이라고 했다.

서정주는 〈무등(無等)을 보며〉에서 "가난이야 한낱 남루(襤褸)에 지나지 않는다", 청산(青山)이 그 무릎 아래 지란(芝蘭)을 기르듯 우리는 우리 새끼들을 기를 수밖에 없다", "지어미는 지애비를 물끄러미 우러러보고, 지애비는 지어미의 이마라도 짚어라"고 했다. 〈국화 옆에서〉에서 "한 송이의 국화꽃을 피우기 위해 봄부터 소쩍새는 그렇게 울었나 보다", "한 송이의 국화꽃을 피우기 위해 천둥은 먹구름 속에서 또 그렇게 울었나 보다"라고 했다. 그런 말이 부당하다면서 하나하나 비판했다.

"물끄러미 청산이나 바라보는 풍류"는 "독충"이고 "독소"라고 했다. 청빈낙도를 표방하면서 도연명이나 이태백이 술을 마시는 것을 흉내 내는 "능청 떨지 말라"고 했다. 살아가는 것이 얼마나 힘든지 알고, 굶주린 사람들에게 도움이 되는 시인이 되어야 한다고 했다.

제8장
정치 풍자

김병연(金炳淵), 〈**낙민루**(樂民樓)〉

宣化堂上宣火黨
樂民樓下落民淚
咸鏡道民咸驚逃
趙岐泳家兆豈永

선정을 펴야 할 선화당에서 화적 같은 정치를 펴니,
낙민루 아래에서 백성들이 눈물 흘리네.
함경도 백성들이 다 놀라 달아나니,
조기영의 집안이 어찌 오래 가리오.

한국 조선후기 방랑시인 김삿갓이 함경도 관찰사 조기영의 학정을 풍자한 시이다. 관찰사가 백성을 괴롭히는 도둑 노릇을 해서 원망이 자자하다고 교묘한 방법으로 나타냈다.

한자 동음이의어를 풍자의 방법으로 삼아 번역으로는 이해하기 어렵고 원문을 보아야 한다.

"선화당"이라고 읽는 두 말, "宣化堂"은 관찰사가 집무를 보는 관아이고, "宣火黨"은 화적 같은 도둑떼이다. "낙민루"라고 읽는 두 말, "樂民樓"는 백성들이 즐거워하는 집이고, "落民淚"는 백성이 눈물 흘린다는 말이다. "함경도"라고 읽는 두 말, "咸鏡道"는 지방 이름이고, "咸驚逃"는 모두 놀라 달아난다는 말이다. "조기영"이라고 읽는 두 말, "趙岐泳"은 함경도 관찰사이고, "兆豈永"은 어찌 오래 가겠는가라는 말이다.

샹양(向陽), 〈**의원 나리는 가만있지 않고**(議員仙仔無佇厝)〉

議員仙仔無佇厝
一個月前為着村民的利益

他就出門去縣城努力
道路拓寬以後交通便利
工廠一間一間起大家大賺錢

議員仙仔一向真飽學
聽講彼日在議會發威
先是罵縣老爺無夠力飯桶
續落去笑局長是龜孫仔
議員仙仔是官虎頂頭的大官虎

當初這票投了實在無不對
不但賺煙賺錢賺味素
而且如今找議員仙仔同款真照顧
東一句王兄西一句李弟
握一個手任何問題攏無問題

可惜議員仙仔無在厝
新起的一間工廠放廢水
田裡的稻仔攏總死死掉
可惜議員仙仔一個月前就出門去
爭取道路拓寬工廠起好大家大賺錢

의원 나리는 가만있지 않고,
한 달 전 마을 사람들 이익을 꾀한다고
집을 떠나 현으로 가서 노력해,
도로를 넓혀 교통이 편리하게 하더니,
공장을 하나하나 세워 모두들 돈을 많이 벌게 했다네.

의원 나리는 언제나 박식해
회의가 있는 날 의회 석상에서 거드름을 떨었네.
먼저 현청의 어른을 무력한 밥통이라고 나무라고,
다음에는 국장이 개새끼라고 비웃었다네.
의원 나리는 관청 호랑이 머리 꼭대기의 큰 호랑이네.

당초에 찍어준 투표가 실제로 찬성 아님이 없었네.
담배로, 돈으로, 음식으로 매수하기만 하지 않고,
의원 나리는 진심으로 밀어줄 분들 찾는다면서,
동쪽 왕씨 형님, 서쪽 이씨 아우라고 한마디씩 하면서,
손을 맞잡으면 어떤 문제도 문제될 것 없다고 했네.

애석하도다. 의원 나리는 몸을 가만두지 않고,
새로 지은 공장 한 곳에서 폐수를 방류해
밭의 곡식이 모조리 죽어버렸네.
애석하다 의원 나리는 한 달 전에 집을 떠나
도로 확장과 공장 건설을 쟁취해 모두들 돈을 많이 벌게 했다네.

샹양은 대만시인이다. 지방의회 의원이라고 생각되는 위인이 사사로운 이익을 챙기느라고 피해를 끼치는 것을 비판하는 풍자시를 지었다. 국가의 통치자나 지배체제를 공격하지 않고 그 하위 정치인의 비행을 나무랐다. 만만한 상대여서 말을 하고 싶은 대로 하지 않았던가 한다.

모든 사람을 위한다고 하고서 자기의 이익을 취하는 것이 상투적인 행적이라고 했다. 길을 넓히고 공장을 세워 모두들 돈을 많이 벌게 했다는 공장이 사실은 자기 공장이고, 폐수를 방류해 밭의 곡식이 모조리 죽게 한다고 했다. 회의석상에서는 관리들을 나무라는 큰 호랑이 노릇을 하는 것이 가관이라고 했다. 선거 때에는 온갖 수단을 써서 압도적인 지지표를 얻고서는 딴 짓을 일삼는다고 했다.

코르네이유Pierre Corneille, 〈루이 13세 국왕의 서거를 두고Sur la mort du Roi Louis XIII〉

Sous ce marbre repose un monarque sans vice,

Dont la seule bonté déplut aux bons François,
Et qui pour tout péché ne fit qu'un mauvais choix
Dont il fut trop longtemps innocemment complice.

L'ambition, l'orgueil, l'audace, l'avarice,
Saisis de son pouvoir, nous donnèrent des lois ;
Et bien qu'il fût en soi le plus juste des rois,
Son règne fut pourtant celui de l'injustice.

Vainqueur de toutes parts, esclave dans sa cour,
Son tyran et le nôtre à peine perd le jour,
Que jusque dans la tombe il le force à le suivre.

Jamais de tels malheurs furent-ils entendus?
Après trente-trois ans sur le trône perdus,
Commençant à régner, il a cessé de vivre.

이 대리석 아래 부당함이 없다는 군주가 누웠는데,
유일한 선량함이 선량한 프랑스을 괴롭힌 것이다.
죄과는 모두 악운을 만났기 때문이라고 하면서,
너무나도 오랫동안 악운의 공범자 노릇을 했다.

야심, 오만, 만용, 탐욕, 이처럼 고약한 것들이
권력을 장악하고, 우리에게는 강압의 법률이 되었다.
국왕들 가운데 가장 정당하다고 자처했으나,
이 사람의 통치는 오로지 부당하기만 한 통치였다.

모든 것의 정복자가 자기 마음의 노예가 되어
자행한 폭정을 우리에게서 가까스로 끝내고서,
세월이 이 사람을 무덤으로 데리고 가는구나.

이런 정도 불행을 언제 들어보기라도 했던가?

더렵혀진 왕좌 위에서 서른세 해 다스리더니,
이 사람 마침내 삶이 이어지지 못해 물러났다.

코르네이유는 프랑스 17세기 극작가이고 시도 남겼다. 1643년에 국왕 루이 13세가 서거하자 이 시를 지어 박해를 받을까 염려해 발표하지 않고 원고로 남겼다. 국왕의 서거를 애도하면서 칭송하는 말을 늘어놓는 관례를 어기고 풍자하고 비판하는 시를 지은 것을 주목할 만하다.

루이 13세는 "Louis le Juste"(정당한 루이)라고 일컬어졌으나, 부당한 통치로 국민을 괴롭혔다. 제1연의 "sans vice"(부당함이 없다)는 "Louis le Juste"에 대한 풍자이다. 국정 수행에 죄과가 있다면 그것은 모두 자기 탓이 아니고 악운을 만났기 때문이라고 한 것을 들어 악운의 공범자 노릇을 했다고 비꼬았다.

"야심, 오만, 만용, 탐욕"으로 다스리면서 자기는 "가장 정당하다"고 칭송받으려 한 독재자의 특징을 잘 파악했다. 제2연의 이 대목은 말을 좀 보태 번역했다. 제3연에서 "모든 것의 정복자가 자기 마음의 노예가 되어" 폭정을 자행한다는 것은 탁월한 식견이다.

스위프트Jonathan Swift, 〈**장군의 죽음**A Satirical Elegy on the Death of a Late Famous General〉

His Grace! impossible! what dead!
Of old age too, and in his bed!
And could that mighty warrior fall?
And so inglorious, after all!
Well, since he's gone, no matter how,
The last loud trump must wake him now:
And, trust me, as the noise grows stronger,

He'd wish to sleep a little longer.
And could he be indeed so old
As by the newspapers we're told?
Threescore, I think, is pretty high;
'Twas time in conscience he should die
This world he cumbered long enough;
He burnt his candle to the snuff;
And that's the reason, some folks think,
He left behind so great a stink.
Behold his funeral appears,
Nor widow's sighs, nor orphan's tears,
Wont at such times each heart to pierce,
Attend the progress of his hearse.
But what of that, his friends may say,
He had those honours in his day.
True to his profit and his pride,
He made them weep before he died.

Come hither, all ye empty things,
Ye bubbles raised by breath of kings;
Who float upon the tide of state,
Come hither, and behold your fate.
Let pride be taught by this rebuke,
How very mean a thing's a Duke;
From all his ill-got honours flung,
Turned to that dirt from whence he sprung.

각하가! 그럴 리가 있나! 죽었다고!
나이 많기도 하고, 병석에 누워서인가,
그 막강한 싸움꾼이 쓰러질 수 있었나?
영광스럽지 못하게도, 마침내.
좋다, 그가 갔으니, 어쨌든,
마지막 나팔 시끄럽게 불어 깨워야 한다.

내 말을 믿어라. 소리가 커지면
그는 더 오래 자고 싶어 한다.
그는 정말 나이가 많다고 할 것인가,
신문에서 우리들이 보는 것처럼?
60이니, 내 생각에 연령이 높다.
도리에 맞게 마땅히 죽어야 할 때이다.
이 세상을 그가 너무 오래 괴롭혔다.
자기 초에다 꺼질 때까지 불을 켰다.
그 때문에 생각하는 사람들이 있다,
그가 너무 많은 악취를 남겼다고.
그의 장례 행렬이 나타나는 것을 보아라.
과부의 한숨도, 고아의 울음도 없다.
그럴 때의 충격을 마음에 받지 않고
상여가 지나가는 것을 보기만 한다.
그래도 그의 벗들은 말하리라.
자기 나름대로의 명예를 지녔다고.
자기의 이익과 위신에 충실해서,
죽기 전에 벗들을 울게 했다고.

이리로 오라, 너 공허한 것들
왕들의 숨결에서 나온 거품이여,
국가의 물결 위에서 떠도는 것들이여
이리로 와서 너의 운명을 목격하라.
이 질책에서 자긍심의 교훈을 얻어라.
공작이라는 것이 얼마나 비열한가,
그릇되게 얻은 모든 명예를 내던져
그 출처인 먼지로 되돌리니.

아일랜드의 작가 스위프트는 《걸리버 여행기》를 지어 널리 알려진 것 이상의 활동을 했다. 그릇된 세상에 대한 풍자를 다양한 방법으로 하다가 이런 시를 지었다. 제목을 다 번역하면 〈고인이 된 유명한 장군의 죽음에 대한 풍자적 애도시〉이다. 큰 권력을 행사하던 영국인 공작(公爵)인 장군이 죽었다는 말을 듣고 지었으므로 알려지면 곤란했을 것인데, 원고가 남아 있어 사후에 편찬된 작품집에 수록되었다.

애도시라면 고인의 죽음을 아쉽게 여기고 고인을 칭송해야 할 것인데, 그렇지 않다. "막강한 싸움꾼이" "영광스럽지 못하게도" 쓰러진 것이 다행이라고 했다. 죽은 자가 일어나지 말아야 한다고 하고, 죽을 때가 되어 죽었다고 했다. 세상을 너무 많이 괴롭힌 악행을 고발하고, 애도하지 않는 것이 당연하다고 했다. 한 패거리인 사람들이 그를 옹호하려고 한다면 비난받아야 한다고 했다.

제2연 이하에서는 논의를 확대했다. 국왕 주변에서 얻는 권력이 모두 허망하다고 했다. 허망하게 죽은 공작을 질책하는 말을 듣고 권력에 미련을 가지고 아부하려고 하지 말고 자긍심을 가지라고 했다. 비리를 저지르는 특정인의 범위를 넘어서서 지배권력 전체를 비판의 대상으로 삼았다.

위고Victor Hugo, 〈**우화인가 역사인가**Fable ou histoire〉

Un jour, maigre et sentant un royal appétit,
Un singe d'une peau de tigre se vêtit.
Le tigre avait été méchant ; lui, fut atroce.
Il avait endossé le droit d'être féroce.
Il se mit à grincer des dents, criant : Je suis
Le vainqueur des halliers, le roi sombre des nuits!
Il s'embusqua, brigand des bois, dans les épines
Il entassa l'horreur, le meurtre, les rapines,
Egorgea les passants, dévasta la forêt,
Fit tout ce qu'avait fait la peau qui le couvrait.
Il vivait dans un antre, entouré de carnage.

Chacun, voyant la peau, croyait au personnage.
Il s'écriait, poussant d'affreux rugissements :
Regardez, ma caverne est pleine d'ossements ;
Devant moi tout recule et frémit, tout émigre,
Tout tremble ; admirez-moi, voyez, je suis un tigre!
Les bêtes l'admiraient, et fuyaient à grands pas.
Un belluaire vint, le saisit dans ses bras,
Déchira cette peau comme on déchire un linge,
Mit à nu ce vainqueur, et dit : Tu n'es qu'un singe!

어느 날, 수척한 원숭이 녀석이
임금 질을 하고 싶어 호랑이 가죽을 썼다.
호랑이도 나빴지만, 녀석은 잔인했다.
사납게 구는 권한을 차지했다.
녀석은 이를 갈면서 외쳤다.
"나는 숲의 정복자이고, 밤의 제왕이다."
가시덤불에 매복하고 강도짓을 했다.
공포, 살육, 강탈의 실적을 쌓았다.
다니는 사람들을 죽이고, 숲을 망쳤다.
호랑이 가죽을 쓰고 무슨 짓이든지 했다.
살고 있는 동굴에 사냥한 고기가 가득했다.
겉만 보고 아무도 정체를 의심하지 않았다.
녀석은 무서운 소리로 포효했다.
"내 소굴을 보라, 뼈가 가득하다.
내 앞에서는 누구나 물러나고, 전율하고, 피한다.
모두 떠는 나를 존경하라, 나는 호랑이다!"
짐승들은 녀석을 존경하고, 멀찌감치 도망쳤는데,
맹수조련사가 오더니 녀석의 팔을 잡고,
쓰고 있는 가죽을 옷감 찢듯이 찢었다.
정복자를 발가벗겨 "너는 원숭이에 지나지 않는다!"

프랑스 낭만주의 시인 위고는 국가의 통치자를 풍자하는 시를 이렇게 지었다. 위고는 나폴레옹 3세를 몰아내려고 하였다가, 프랑스 브르타뉴와 아주 가까운 곳에 있는 영국령 제르시(Jersey) 섬에서 망명자가 되어 피신하고 있던 1852년에 나폴레옹 3세를 공격하려고 이 시를 썼다. 나폴레옹 3세가 나폴레옹을 흉내 내서 나폴레옹처럼 행세하는 것이 원숭이가 호랑이 가죽을 쓴 것과 같다고 했다. 흔히 있을 만한 동물 우화를 지어내 자기 시대의 역사에 참여했다.

서두에서 "호랑이도 나빴지만"이라고 한 호랑이는 나폴레옹이다. 나폴레옹의 조카가 나폴레옹의 위세를 엎고 나폴레옹처럼 정변을 일으켜 황제의 자리에 오른 것이 가소로운데, 나폴레옹보다 더 나쁜 잔인한 짓을 한다고 했다. "숲을 망쳤다"고 한 숲은 자기 나라 프랑스이다. "맹수조련사"는 나폴레옹 3세를 몰아낼 혁명이다.

이 시를 짓고 18년이 지난 1870년에 나폴레옹 3세는 프러시아와의 전쟁에서 패배해 포로가 되었다. 이어서 파리 콤뮨이라는 노동자 폭동이 일어났다. 둘 다 위고가 기대하던 사태는 아니었으나, 나폴레옹 3세의 시대를 종식시키는 역할은 분명하게 했다.

하이네Heinrich Heine, 〈**중국의 황제**Der Kaiser von China〉

Mein Vater war ein trockner Taps,
Ein nüchterner Duckmäuser,
Ich aber trinke meinen Schnaps
Und bin ein großer Kaiser.

Das ist ein Zaubertrank! Ich hab's
Entdeckt in meinem Gemüthe:
Sobald ich getrunken meinen Schnaps

Steht China ganz in Blüthe.

Das Reich der Mitte verwandelt sich dann
In einen Blumenanger,
Ich selber werde fast ein Mann
Und meine Frau wird schwanger.

All überall ist Ueberfluß
Und es gesunden die Kranken;
Mein Hofweltweiser Confusius
Bekömmt die klarsten Gedanken.

Der Pumpernickel des Soldats
Wird Mandelkuchen – O Freude!
Und alle Lumpen meines Staats
Spazieren in Sammt und Seide.

Die Mandarinenritterschaft,
Die invaliden Köpfe,
Gewinnen wieder Jugendkraft
Und schütteln ihre Zöpfe.

Die große Pagode, Symbol und Hort
Des Glaubens, ist fertig geworden;
Die letzten Juden taufen sich dort
Und kriegen den Drachen–Orden.

Es schwindet der Geist der Revolution
Und es rufen die edelsten Mantschu:
Wir wollen keine Constitution,
Wir wollen den Stock, den Kantschu!

Wohl haben die Schüler Eskulaps
Das Trinken mir widerrathen,

Ich aber trinke meinen Schnaps
Zum Besten meiner Staaten.

Und noch einen Schnaps, und noch einen Schnaps!
Das schmeckt wie lauter Manna!
Mein Volk ist glücklich, hat's auch den Raps
Und jubelt: Hoseanna!

아버지는 멋을 모르는 벽창호,
술을 멀리 하는 위선자였다.
그러나 나는 독한 술 화주(火酒)를
즐겨 마시는 위대한 황제이다.

이것은 바로 마법의 술이다.
그대를 마시니 기분이 좋구나.
화주를 한 잔 들이키기만 하면
중국 천지에 꽃이 만발한다.

이 나라 중국이 온통 변해
아름다운 꽃동산이 된다.
나는 바로 대장부가 되어
아내를 임신하게 한다.

어디나 활력이 넘쳐흘러
환자들도 건강하게 되고,
나의 어용학자 공자는
화해(和諧) 사상을 내놓으리라.

병졸들이 먹는 거친 음식이
꿀맛으로 변하리라. – 오 즐거워라!
제국의 모든 건달들이

비단옷 입고 활보하리라.

벼슬한다고 뽐내는 무리,
머리가 빠진 늙은이들
청춘의 기력을 되찾아
변발을 흔들어대리라.

거대한 탑, 신앙을 위한
상징과 아성이 완공되고,
유태인이 모두 개종해
용(龍) 그린 훈장을 받으리라.

혁명정신은 고개를 숙이고
만주족 귀족들이 외치리라.
우리는 헌법을 원하지 않습니다.
우리는 채찍과 곤봉을 원합니다.

신농(神農)씨의 제자들은
금주를 진언하고 있으나,
나는 마시리라, 화주를.
내 나라의 안녕을 위해서.

자, 부어라, 부어라, 화주를 한 잔 더!
순수한 선약(仙藥) 향기가 나는구나!
나의 백성은 행복하다. 유채(油菜)도 있다.
폐하만세를 부른다!

독일 낭만주의 시인 하이네는 군주의 전제에 반대하고 민주화를 주장하다가 박해를 받아 망명 생활을 해야 했다. 항변하는 시를 계속 지으면서 투쟁했다. 그 가운데 하나인 이 시에서는 독일 군주 횡포를 중국 황제를 내세워 풍자했다. 주정뱅이 황제의 헛소리가 중국을 망친 전례가 독일에서 되풀이된다고 했다. 발표 가능한 작품으로 만들어놓고 할 말을 했다.

공자를 어용학자라고 한 것이 흥미롭다. "die klarsten Gedankenn"은 "가장 공명(公明)한 사상"이라는 말인데, 오늘날 중국에서 내세우는 용어를 사용해 "화해(和諧) 사상"이라고 옮겼다. 공자는 "和而不同"을 말했는데, 오늘날 중국에서는 "不同"은 없애고 "和"에다 같은 뜻을 지닌 "諧"를 붙여 "和諧"를 국가 신앙처럼 받들어, 공자를 어용학자로 만들고 있다. 이런 사정은 모르고 오래 전에 쓴 시가 오늘날의 중국 사정과 절묘하게 합치된다.

"거대한 탑, 신앙을 위한 상징과 아성이 완공되고, 유태인이 모두 개종해 용(龍) 무늬 훈장을 받으리라"고 한 대목은 독일에서 자행되는 유태인에 대한 종교적 탄압을 두고 한 말이고, 중국에는 해당되지 않는다. 귀족들은 자기네 횡포를 제어하는 헌법을 원하지 않고, 민중을 다스리는 채찍과 곤봉을 원하는 것이 당연한데, 귀족들이 하는 말을 여론으로 삼고 혁명 정신의 퇴조를 반갑게 여겼다.

"Eskulaps"는 고대 그리스 의술의 신이다. 중국에 맞게 "신농씨"라고 옮겼다. "Manna"는 기독교에서 말하는 신이 내린 음식인데, "선약(仙藥)"이라고 옮겼다. "Raps"는 노란 꽃이 피고 기름을 짜서 쓰는 "유채(油菜)이다. 백성들이 유채를 가졌다는 것은 먹을 것이 있다는 말로 이해된다. 황제의 "선약"과 백성의 "유채"가 짝을 이룬다.

케스트너Erich Kästner, 〈**너는 아는가, 대포가 꽃피는 나라를?**Kennst Du das Land, wo die Kanonen blühn?〉

Kennst Du das Land, wo die Kanonen blühn?
Du kennst es nicht? Du wirst es kennenlernen!
Dort stehn die Prokuristen stolz und kühn

in den Büros, als wären es Kasernen.

Dort wachsen unterm Schlips Gefreitenknöpfe.
Und unsichtbare Helme trägt man dort.
Gesichter hat man dort, doch keine Köpfe.
Und wer zu Bett geht, pflanzt sich auch schon fort!

Wenn dort ein Vorgesetzter etwas will
– und es ist sein Beruf etwas zu wollen –
steht der Verstand erst stramm und zweitens still.
Die Augen rechts! Und mit dem Rückgrat rollen!

Die Kinder kommen dort mit kleinen Sporen
und mit gezognem Scheitel auf die Welt.
Dort wird man nicht als Zivilist geboren.
Dort wird befördert, wer die Schnauze hält.

Kennst Du das Land? Es könnte glücklich sein.
Es könnte glücklich sein und glücklich machen?
Dort gibt es Äcker, Kohle, Stahl und Stein
und Fleiß und Kraft und andre schöne Sachen.

Selbst Geist und Güte gibt's dort dann und wann!
Und wahres Heldentum. Doch nicht bei vielen.
Dort steckt ein Kind in jedem zweiten Mann.
Das will mit Bleisoldaten spielen.

Dort reift die Freiheit nicht. Dort bleibt sie grün.
Was man auch baut – es werden stets Kasernen.
Kennst Du das Land, wo die Kanonen blühn?
Du kennst es nicht? Du wirst es kennenlernen!

너는 아느냐, 대포가 꽃피는 나라를?
그곳을 모르느냐? 알게 되리라.

그곳에서는 거만하고 뻔뻔스러운 지배자들이
병영 같은 사무실을 차지하고 있다.

그곳에서는 넥타이 밑에서 상등병 단추가 자라고,
그리고 보이지 않는 철모를 쓰고 다닌다.
그 곳 사람들은 얼굴이 있어도 머리는 없으며,
침대로 가면 바로 생식 행위를 한다.

그곳에서는 높은 사람이 무엇을 원하면,
높은 사람이 하는 짓은 원하는 것이어서,
먼저 차려 자세로 서고, 다음에는 조용히
눈은 우향우! 그리고는 등을 대고 구른다.

거기서는 아이들이 작은 홀씨주머니를 가지고,
늘어진 가리마를 하고 이 세상에 나온다.
그 곳에서는 사람이 시민으로 태어나지 않는다.
그곳에서는 콧수염 있는 자가 득세할 것이다.

너는 아느냐 그 나라를? 행복할 수 있는 나라인데,
행복할 수 있는 나라인데, 행복해졌는가?
그 곳에는 농토, 석탄, 철, 광석이 있다.
그리고 근면과 힘, 그 밖의 좋은 것들이 있다.

그곳에는 언제 자아 정신이나 선의,
진정한 영웅심이 있는가! 흔하지 않더라도.
남자가 둘이면 어린아이가 하나 끼어 있어
납으로 만든 군인들을 가지고 놀려고 한다.

그곳에서는 자유가 익지 않는다. 퍼렇기만 하다.
집을 지으면 언제나 병영이 되고 만다.

너는 아느냐, 대포가 꽃피는 나라를?
그것을 모르느냐? 알게 되리라.

독일 시인이 독일인의 군국주의, 천박함, 몰취미를 풍자한 시이다. 1928년에 지었는데, 나치의 등장을 예견한 것 같다. 나치를 지지하고 추종할 만한 성향을 지니고 있던 내막을 알려준다.

제1연에서 말하고 제7연에서 되풀이한 "너는 아느냐, 대포가 꽃피는 나라를?"이라고 한 것은 괴테의 시구 "너는 아느냐, 레몬이 불타는 나라를?"(Kenst du das Land, wo die Zitronen Blühn ?)의 패러디이다. 아름다운 곳에 대한 동경을 실망스러운 곳에 대한 비판으로 바꾸어놓았다.

"보이지 않는 철모를 쓰고 다닌다"고 하고, "머리는 없"다고 할 만큼 신랄하게 비판했다. 높은 사람에 대한 군대식 복종을 희화화했다. "홀씨주머니"는 혼자서 생식을 할 수 있는 것이다. 생식을 중요시하는 것을 풍자한 말이다. "바로 생식 행위를 한다"와 연결된다. "늘어진 가리마"는 선택의 여지가 없이 규격화된 모습이다. 거기 사람들은 시민의 자유를 누리지 못하고, 콧수염이 있는 권위주의자가 승진을 한다고 했다. 히틀러의 등장을 예견한 것 같은 말을 했다.

독일의 장점을 살리지 못하고 불행하게 된 것을 안타까워했다. 남자 성인 둘 가운데 하나는 어린아이여서 군인 장난감을 가지고 논다고 했다. 자유가 익지 못하고, 집을 지으면 모두 병영이 되는 것을 안타까워했다.

노신(魯迅), 〈**공민과 노래**(公民科歌)〉

何鍵將軍捏刀管教育,
說道學校裏邊應該添甚麽.
首先叫作"公民科",

不知這科教的是甚麼.
但願諸公勿性急,
讓我來編教科書,
做個公民實在不容易,
大家切莫耶耶乎.
第一着, 要能受,
蠻如猪玀力如牛,
殺了能吹活就做,
瘟死還好熬熬油.
第二着, 先要磕頭,
先拜何大人,
後拜孔阿丘,
拜得不好就砍頭.
砍頭之際莫討命,
要命便是反革命,
大人有刀你有頭,
這點天職應該盡,
第三着, 莫講愛.
自由結婚放洋屁,
最好是做第十第廿姨太太,
如果爹娘要錢化,
幾百幾千可以賣,
正了風化又賺錢,
這樣好事還有嗎?
第四着, 要聽話,
大人乍說你乍做,
公民義務多得很,
只有大人自己心裏懂,
但願諸公切勿死守我的教科書,
免得大人一不高興便說阿拉是反動.

하건(何鍵) 장군 칼을 잡고 교육을 관장하시며
학교 교육에 무엇을 보태야 하는지 말씀하신다.
우선 "공민과"를 갖추라고 지시하신다.

이 과목에서 무엇을 가르쳐야 하는지 모르면서,
여러분 마음이 급해 서두르지 말고,
교과서 만드는 일을 내게 넘겨주세요.
공민이라는 것은 사실 쉽지 않아
대가(大家)라도 대강 해치울 수 없습니다.
첫째 요점은 고분고분하게 만드는 것이다.
돼지처럼 거칠고 소처럼 힘이나 세면
죽여 고기 먹고, 살아서는 부리고,
병들어 죽더라도 기름으로 불을 켜기 알맞다.
둘째 요점은 머리를 숙이도록 하는 것이다.
먼저 하대인(何大人)에게 절하고,
다음에 공자(孔子)에게 절해야 한다.
절을 잘 못 하면 바로 목을 친다.
목을 칠 때 목숨을 말하지 말라.
목숨을 지키는 것은 반혁명이다.
대인(大人)에게는 칼이 있고 너희는 모가지가 있다.
당신의 천직에 힘들 다 바치신다.
셋째 요점은 사랑을 말하지 않게 하는 것이다.
자유결혼이라는 소리는 양놈들의 방귀다.
열이든 스물이든 첩을 두는 것이 제일이다.
만약 아비 어미가 돈이 필요하면
몇 백 원 몇 천 원에 딸을 팔 수 있다.
바로 풍속에 부합되고 돈도 버니
이처럼 좋은 일이 또 어디 있겠나?
셋째 요점은 말을 잘 듣게 하는 것이다.
대인이 말씀하시면 너희는 따라야 한다.
공민의 의무는 많고 많아,
오직 대인께서만 당신의 마음속에 알고 계시니,
여러분은 내가 지은 교과서만 목숨 걸고 지키려고 하지
않아

대인께서 화가 나서 "내가 반동이냐" 하시는 것을 면 해드려야 한다.

중국 근대작가 노신은 소설가로 널리 알려져 있지만 시도 지었다. 전통적인 한시도, 신시도 지었다. 신시 가운데 이런 작품이 있다. 전투적인 풍자시이다. 처음에 고유명사가 나오고, 표준 중국어로는 이해할 수 없는 말도 있어 설명이 먼저 필요하다.

하건(何鍵) 장군이라는 인물은 1929년 국민당 정부의 호남성(湖南省) 주석이 되어, 10년 가까이 전권을 휘두르는 통치자로 군림했다. 1929년에는 주덕(朱德)의 아내 오약란(伍若蘭), 1930년에는 모택동(毛澤東)의 아내 양개혜(楊開慧)를 체포해 처형했다. 1931년 국민당 전국대회에서 공민 교과를 만들어 학생들에게 가르쳐야 한다고 주장했다. 그 의도가 무엇인지 노신이 이 시에서 말했다. 지역어를 사용해 실감을 돋우었다. "耶耶乎"는 "건성으로", "대충대충", "阿拉"는 "나"(我)라는 말이다.

공민이란 국가의 구성원을 말하고, 국가의 구성원이 마땅히 해야 할 일을 가르치는 교과목을 말하기도 한다. 공민 교육을 주장하니 좋은 일을 하는 것 같지만, 사실은 보수적이고 반동적인 가치관을 주입하자는 것이었다. 하건 장군이 공민 교과서를 만들라고 지시하자 담당자들이 난감해하고 있는 것을 보고, 노신이 나서서 자기가 맡겠다고 하면서 이 시를 지었다. 표면상의 미사여구를 버리고 하건 장군이 내심으로 바라는 바를 드러내 말했다.

내용을 분명하게 하려고 요점을 넷으로 정리했다. 첫째 요점은 고분고분하게 만드는 것이라고 하고, 공연히 힘 있는 체하면서 반항하면 돼지나 소처럼 험한 꼴을 당한다고 협박했다. 다른 세 요점에서도 청산해야 할 낡은 사고방식만 말하고, 공민의 권리에 대한 자각을 막았다. 국가의 구성원인 공민의 의

무는 이 넷 외에도 많고 많으며 통치자가 자기 마음속에 간직해 알고 있으니 조심하라고 했다. 자기 마음에 들지 않으면 반동이라고 규정해 처단한다고 경고했다.

국민당이 혁명 정당이어서 반혁명이나 반동을 척결한다고 하면서 사회변화를 막는 허위를 노신이 폭로하고 비판했다. 하건 장군이라는 위인이 혼자 잘못 하는 것은 아니다. 전형적인 본보기를 들어 국민당 정부를 지지할 수 없는 이유를 분명하게 했다. 풍자시가 대단한 힘을 가진다는 것을 유감없이 보여주었다.

김상훈, 〈정객〉

여송연 금테 안경 고급 코코아가
오늘도 드높은 석조건물에서 정담(政談)을 한다

거리에는 헐벗은 천민이 긴 밤을 떨어 새고
역두(驛頭)에는 전재민(戰災民)의 참상이 뼈가 저려도
하늘에 사무치는 민중의 소리를
들은 체도 않고 정담을 한다

실직자의 어머니는 피골이 상접하고
주먹밥 한 덩이에 살인이 나도
으젓이 점잔과 체면을 지켜
회전의자 위에 정객은 천연(天然)하다

사선을 넘어온 이 땅의 아들들이
조국을 위해선 생이나마 바치겠다
지도자를 기다려 밤새도록 서 있어도
철비(鐵扉)는 ○○닫히고 회의는 끝날 줄 몰라

해외의 그 어른만 기다리는 무리
덮어놓고 통일만 하자는 양반
술장사하던 어른 광산 부로커와
은행가 요리 장수가 점잖은 시합만 한다

노동자가 내쫓긴 공장에는
연기 없는 굴뚝에 까마귀만 울고
상인의 뱃속에는 흉계가 차서
남발된 지화(紙貨)가 시장을 뒤덮는데
양주 놓인 테이블엔 지난한 정담
민중은 얼마나 기다려야 하노

한국 현대시인 김상훈이 1947년에 쓴 작품이다. 광복 직후의 혼란상을 그렸다. 거만을 떠는 정치와 각박한 민생 사이의 거리를 풍자적인 수법으로 나타냈다.

브레히트Bertold Brecht, 〈해결책Die Lösung〉

Nach dem Aufstand des 17. Juni
Ließ der Sekretär des Schriftstellerverbands
In der Stalinallee Flugblätter verteilen
Auf denen zu lesen war, daß das Volk
Das Vertrauen der Regierung verscherzt habe
Und es nur durch verdoppelte Arbeit
zurückerobern könne. Wäre es da
Nicht doch einfacher, die Regierung
Löste das Volk auf und
Wählte ein anderes?

6월 17일의 봉기 후에
작가협회 서기장이

스탈린 거리에서 전단을 배포하게 했다.
전단에는 인민이
정부의 신뢰를 잃었으므로
오직 노동을 두 배로 해야
신뢰를 회복할 수 있다고 쓰여 있었다.
간단한 대책은
정부가 인민을 해산하고
다른 인민을 선출하는 것이 아닐까?

브레히트는 독일의 극작가이고 시인이다. 나치의 박해를 피해 미국에 망명했다가 전후에 동독으로 갔다. 동독에서 사회주의 이상이 실현되기를 바랐으나 기대대로 되지 않아 이런 시를 지었다.

1953년 6월 17일 베를린에서 건설 노동자들이 시위를 했다. 노동 시간은 두 배로 늘고 임금은 동결되었기 때문이다. 대중 봉기로 확대되었다. 소련의 군사적 개입으로 진압되었다. 다른 사람이 아닌 작가협회 서기장이, 다른 곳이 아닌 스탈린 거리에서 정부의 요구를 알리는 전단을 배포한 것이 납득할 수 없는 일이다. 인민이 정부의 신뢰를 잃었으니 일을 갑절하라는 것은 억지 요구이다. 신뢰를 잃은 인민을 해산하고 다시 선출하라는 말로 부당한 요구를 풍자했다.

문정희, 〈의사당〉

내 손이 더러운 한 표를 던진 것 같다
소음과 악취로 부글거리는 의사당을 보라
내가 던진 한 표들이 서로 멱살을 잡고 있다
우리의 팔리어멘트는 말하는 집이 아닌 것 같다
투표한 내 손을 보니 피가 묻어 있다
깨끗한 한 표를 달라는 그들에게

나는 무지한 이해타산과 미묘한 복수심을 뭉쳐
그중 덜 미운 놈을 향해 던진 것은 아니었을까
진리는 언어 바깥에 있다고 하지만
바깥에도 안에도 거품뿐이다
텔레비전도 실은 끄나풀이었던 것 같다
당신의 소중한 한 표를 잊지 않겠다던
그들은 대체 누구일까
마스크를 골라 쓰고 전략과 날조로 힘을 구축하더니
저녁 뉴스마다 함량 미달의 코미디를 연출한다
우리는 선거라는 이벤트에 참가했지만
신흥 종교 부흥회의 뒷자리에 뒤엉킨 신발들이 되었다
뉴스를 끄고 내 손을 한참 들여다본다

한국 현대시인 문정희는 이런 시를 지었다. 풍자시를 지어 다른 목적 달성을 위한 도구로 사용하려고 하지 않았다. 그러면서 재미있는 구경거리가 있다고 능청을 떨지 않고, 반어가 아닌 직설을 사용해 "소음과 악취로 부글거리는 의사당을 보라"는 욕설을 앞세운 결함은 있다. 이 시대 풍자시의 본보기로 삼으면서 욕설을 일삼는 특징을 확인할 수 있다.

"내가 던진 한 표들이 서로 멱살을 잡고 있다"고 한 것이 작품 전체의 주제를 적절하게 요약한 말이다. 그런데 다음 줄에서 "우리의 팔리어먼트는 말하는 집이 아닌 것 같다"고 하고, "팔리어먼트"에 "parliament: 의회, 원래 말하는 집을 뜻한다"는 주를 단 것은 풍자답지 않은 통상적이고 진부한 설명이다. 풍자를 제대로 하려면 얄팍한 지식을 버리고 무식꾼이라고 자처해야 한다.

"신흥 종교 부흥회의 뒷자리에 뒤엉킨 신발들이 되었다"고 한 말은 무슨 뜻인지 알기 어렵다. 신흥 종교 탓에 정신이 이상해진 것이 아닌지 의심된다. 유권자가 분별을 하지 못해 추태가 벌어지도록 만들었다고 했다. 자기를 포함한 유권자들도 풍자의 대상으로 삼아야 할 것인데, 개선의 가망이 없다는 절망감을 안겨주는 데 그쳤다.

〈서울 아리랑〉과 이 작품은 커다란 차이가 있다. 거시와 미시, 반어와 직설, 무식과 유식, 이렇게 열거한 차이점 가운데 뒤의 것일수록 더욱 중요하다. 무식한 탓에 비딱한 자세로 뒤집어보는 반어의 시각으로 세상의 잘못에 대한 거시적인 시비를 했다. 유식하니까 직설법을 사용하면서 미시적인 과오를 정면에서 나무랐다. 무식이 열려 있고, 유식은 닫혀 있음을 확인할 수 있다.

제9장
견디지 못하고

조집신(趙執信), 〈**백성들 성에 들어가다**(氓入城行)〉

村氓終歲不入城
入城怕逢縣令行
行逢縣令猶自可
莫見當衙据案坐
但聞坐處已驚魂
何事喧轟來向村
銀鐺杻械從青盖
狼顧狐嗥怖殺人
鞭笞榜掠慘不止
老幼家家血相視
官私計盡生路無
不如却就城中死
一呼萬應齊揮拳
胥隷奔散如飛烟
可憐縣令竄何處
眼望高城不敢前
城中大官臨廣堂
頗知縣令出賑荒
門外氓声忽鼎沸
急傳温語無張皇
城中酒濃餺飥好
人人給錢買醉飽
醉飽争趨縣令衙
撤扉毁閣如風掃
縣令深宵匍匐歸
奴顔囚首銷凶威
詰朝氓去城中定
大官咨嗟顧縣令

백성들은 해가 가도 성에 들어가지 않는다.
성에 들어가면 현령행차를 만날까 두려워서이다.
지나다가 현령을 만난다면 오히려 괜찮지만,

관아에 좌정하고 있는 것은 보지 말아야 한다.
앉아 있는 곳이 어딘지 듣기만 해도 놀라운데,
무슨 일로 요란하게 마을을 향한단 말인가?
수갑과 형틀이 푸른 일산을 따라 오니,
이리가 보고 여우도 짖으며 살인자를 겁낸다.
채찍과 매 휘두르는 참담한 짓 그치지 않아
늙은이도 어린아이도 집에서 피를 서로 본다.
관청에서 하는 짓이 부당해 살아날 길 없으니
성안으로 쳐들어가 죽는 것이 차라리 나으리라.
한 번 외침에 만 명이 응해 일제히 주먹을 휘두르니,
관아의 졸개들 연기 날리듯이 달아나 흩어진다.
불쌍한 현령 녀석 어디로 가서 숨을 것인가?
눈앞에 높은 성이 있어 감히 나아가지 못하는데,
성안에 대관이 와서 넓은 방에 좌정했다.
현령이 백성 구할 양식 횡령한 것 짐작했구나.
문밖의 백성들 고함소리 갑자기 비등하자,
급히 온화한 말 전하고 떠들지 말라고 한다.
성안의 술이 진하며 수제비가 맛 좋게 하고,
사람마다 돈을 주어 취하고 배부르게 하니,
취하고 배 부르자 다투어 현령의 관아로 달려가
문 떼고 전각 부수어 바람이 쓸어버리듯 한다.
현령은 깊은 밤이 되어 기어서 돌아가니,
노예 얼굴 죄수 머리, 흉한 위엄 사라졌다.
이튿날 아침 백성들이 물러가 성 안이 안정되자,
대관은 탄식하며 현령을 돌아보았다.

중국 청나라 시인 조집신이 1721년(康熙 60년) 소주(蘇州)에서 실제로 일어난 사건을 다룬 시이다. 백성들이 현령의 폭정에 견지지 못해 폭동을 일으킨 경과와 모습을 실감 나게 그렸다. 형벌을 함부로 하고, 살육을 일삼는 폭정의 이면에 빈민구제용 국가 양곡을 현령이 착복한 내막이 있었다. "성안으로 쳐들어가 죽는 것이 차라리 나으리라"고 하면서 민란이 일어나자 현령은 도망쳤다.

그러자 "성 안에 대관이 와서 넓은 방에 좌정했다"고 했다. 대관이라는 고위 관료가 등장해 현령의 부정을 밝혀내고 민심을 수습했다고 했다. 대관이 술과 음식을 나누어주어 백성들의 용기를 북돋우고, 백성들이 현령을 징치하도록 해서 사태를 해결했다. 이것은 실제로 있었던 일이라고 생각하기 어렵다. 상상이나 기대를 작품에서 현실화해 대관을 등장시켰다고 할 수 있다.

민란이 한바탕의 난동으로 끝나고, 문제가 쉽게 해결되었다는 것은 안이한 결말이다. 백성들과 현령 그 어느 쪽도 징벌을 받지 않았다고 하는 것도 납득할 수 없다. 농민들은 현령이 도망친 것으로 만족하고, 조금만 어루만져 주면 분노를 거두고 쉽게 물러난다는 단순한 사고방식을 나타냈다. 현령의 부정이 개인의 잘못임을 밝혀내고 국가의 통치는 정당하다고 했다. 역사의 증인이 되려고 모처럼 작정한 시인이 순진한 사고방식을 넘어서지 못해 사태의 표면만 관찰하고 말았다고 하지 않을 수 없다.

애덤스Francis Adams, 〈**농민 봉기**Peasants' Revolt〉

Thro' the mists of years,
Thro' the lies of men,
Your bloody sweat and tears,
Your desperate hopes and fears
Reach us once again.

Brothers, who long ago,
For life's bitter sake
Toiled and suffered so,

Robbery, insult, blow,
Rope and sword and stake:

Toiled and suffered, till
It burst, the brightening hope,
"Might and right" and "will and skill,"
That scorned, and does, and will,
Sword and stake and rope!

Wat and Jack and John,
Tyler, Straw, and Ball,
Souls that faltered not,
Hearts like white iron hot,
Still we hear your call!

Yes, your "bell is rung,"
Yes, for "now is time!"
Come hither, every one,
Brave ghosts whose day's not done,
Avengers of old rime,—

Come and lead the way,
Hushed, implacable,
Suffering no delay,
Forgetting not that day
Dreadful, hateful, fell,

When the liar king,
The liar gentlemen,
Wrought that foulest thing,
Robbing, murdering
Men who'd trusted them!

Come and lead the way,

Hushed, implacable.
What shall stop us, say,
On that day, our day?—
Not unloosened hell!

세월의 안개를 통과하고,
사람들의 거짓말을 통과하고,
그대들의 피어린 땀과 눈물,
그대들의 참담한 희망과 공포가
우리에게 다시 다가온다.

형제들이여, 오래 전부터
모진 목숨 이어나가려고
그처럼 고생하고 고통 받고,
강탈, 모욕, 구타를 당하고,
밧줄, 칼, 몽두리에 시달렸구나.

고생하고 고통 받다가,
마침내 희망의 광채가 터졌다.
"가능성과 정당성" 또한 "의지와 기술",
이것이 경멸한다, 그래 하면 해낼 것이다,
칼과 몽두리와 밧줄을.

와트와 잭과 존,
타일러, 스트로우, 볼,
흔들리지 않는 정신,
달군 쇠처럼 뜨거운 가슴,
아직 그대들의 외침을 듣는다.

그렇다, 그대들의 "종이 울린다"
그렇다. "이제 때가 왔다"고 하려고,

오너라, 모두 오너라.
용감한 혼령들이여, 시간이 아직 남아 있다.
오랜 서릿발 탄압에 맞서는 복수자들이여.

오너라, 와서 앞서 나가거라.
조용하면서도 단호하게,
머뭇거리면서 괴로워하지 말고,
그날을 잊지 않고,
끔찍하고, 가증스럽고, 잔인한 날을.

거짓말쟁이 국왕이,
거짓말쟁이 상전이,
가장 어리석은 짓을 저질러,
도적질을 하고 살육을 하던 날을,
믿고 따르는 사람들을 배신하고.

오너라, 와서 앞서 나가거라.
조용하면서도 단호하게,
무엇이 우리를 멈추게 하겠나?
그날, 우리의 날에.
닫혔던 지옥이 열려 있다!

애덤스는 19세기 영국 시인이다. 영국령이었던 말타(Malta) 섬에서 군의관의 아들로 태어났다. 오스트레일리아에 가서 지내다가 영국으로 돌아와, 결핵으로 말미암은 출혈을 비관하고 30세의 나이로 자살했다. 핍박받는 사람들을 위한 문학을 하려고 했다.

기만에 찬 지배자들의 착취와 억압에 맞서다가 피살된 사람들에게 하는 말로 시를 이어나갔다. 그 사람들의 이름을 부르고, 혼령을 불러내 투쟁에 앞서라고 했다. 오랜 기간 동안의 박해가 누적되어 이제는 그대로 있을 수 없다고 했다. 살아 있는 사람들의 힘만으로는 부족해 원조를 청한다는 말이기도 했다.

진혼곡으로 혁명가를 삼아 용기를 북돋우려고 했으나, 혁명가가 진혼곡에 머물렀다. “종이 울린다”, “이제 때가 왔다”고 하는 것을 기대하고 아직 행동을 개시한 것은 아니다. “흔들리지 않는 정신, 달군 쇠처럼 뜨거운 가슴”으로 무엇을 할지 분명하지 않다. 농민 봉기의 필연성을 말하고 열정을 보이는 데 그쳤다.

하이네Heinrich Heine, 〈**잃어버린 아이**Enfant perdu〉

Verlorner Posten in dem Freiheitskriege,
Hielt ich seit dreißig Jahren treulich aus.
Ich kämpfe ohne Hoffnung, daß ich siege,
Ich wußte, nie komm ich gesund nach Haus.

Ich wachte Tag und Nacht – Ich konnt nicht schlafen,
Wie in dem Lagerzelt der Freunde Schar –
(Auch hielt das laute Schnarchen dieser Braven
Mich wach, wenn ich ein bißchen schlummrig war)

In jenen Nächten hat Langweil' ergriffen
Mich oft, auch Furcht – (nur Narren fürchten nichts)–
Sie zu verscheuchen, hab ich dann gepfiffen
Die frechen Reime eines Spottgedichts.

Ja, wachsam stand ich, das Gewehr im Arme,
Und nahte irgendein verdächt'ger Gauch,
So schoß ich gut und jagt ihm eine warme,
Brühwarme Kugel in den schnöden Bauch.

Mitunter freilich mocht es sich ereignen.
Daß solch ein schlechter Gauch gleichfalls sehr gut

Zu schießen wußte – ach, ich kann's nicht leugnen –
Die Wunden klaffen – es verströmt mein Blut.

Ein Posten ist vakant! – Die Wunden klaffen –
Der eine fällt, die andern rücken nach –
Doch fall ich unbesiegt, und meine Waffen
Sind nicht gebrochen – nur mein Herze brach.

자유를 위한 투쟁의 초소가 없어져
회복하기 위해 삼십 년이나 애써 왔다.
이기리라는 희망 없이 나는 싸웠다.
집으로 무사히 돌아가지 못할 줄 안다.

나는 밤낮 깨어 있었다. – 잠들 수 없었다.
야영지 천막 속에 들어 있는 동료들 때문이다.
(순진한 녀석들이 큰 소리로 코를 골아
나는 겨우 잠들었다가 깨어나야 했다.)

그런 밤이면 권태가 나를 엄습해오고,
두렵기도 했다. – (웃기기만 해서는 두렵지 않다.)
그런 것들을 쫓아내기 위해 나는
풍자시를 함부로 지어 휘파람을 불었다.

그렇다. 나는 이제 깨어나 손에 무기를 들었다.
수상한 녀석이 어느 놈이든지 가까이 오면
나는 그 녀석을 총을 발사해서 쫓아낸다.
뜨거운 총알을 뻰뻰스러운 뱃대지에 안기겠다.

때때로는 이런 일도 당연히 일어날 수 있다.
그 녀석 또한 자기 나름대로 잘 한다고
사격을 할 줄 아는 것을 부정하지 않는다.

상처가 노출되고 내 피를 흘릴 수 있다.

초소가 비어 있다. 상처가 노출되어 있다.
떨어지기도 하고 앞으로 나아가기도 한다.
나는 쓰러져도 패배하지 않고, 무기가
부서지지도 않는다. 다만 심장이 멎을 뿐이다.

독일 낭만주의 시인 하이네가 〈잃어버린 아이〉라는 불어 제목을 내걸고 이런 시를 썼다. 시인은 자유를 위해 투쟁을 하겠다고 나서서 예사 사람들처럼 살지 못하는 예외자여서 "잃어버린 아이"라고 한 것 같다. 박해를 받아 희생자가 될 각오를 하고 있어서 "잃어버린 아이"라고 했다고 보아도 된다. 왜 이 말을 불어로 썼는가? 예외자나 희생자에 관한 인식이 프랑스에서는 분명한 것이 부러워 불어를 쓴 것 같다.

투쟁이 상당한 수준으로 고조된 단계에서 하고 싶은 말을 했다. 하이네는 이 시에서 말한 바와 같이 투쟁하다가 프랑스로 망명하고, 자기 나라로 돌아가지 못하고 그 곳에서 죽었다. 시에서는 총을 쏘면서 투쟁한다고 했는데, 실제로 쏜 총은 항쟁을 고취하는 시이다. 다른 사람들의 투쟁을 마땅하지 않게 여기고 자기가 할 일을 말했다.

자유를 위한 투쟁의 초소가 없어져 적의 동태를 살피고 작전을 구상할 수 없게 되어 자기가 그 일을 맡겠다고 했다. 이기리라는 희망을 가지고, 무사히 집에 돌아갈 수 있으리라고 생각하는 것은 아니라고 했다. 자기가 희생되더라도, 자유를 억압하는 비열한 통치자에게 최대의 타격을 가하고자 한다고 했다.

싸우러 나섰다면서 야영지 천막에서 코를 골고 있는 동료들 때문에 자기는 잠을 이루지 못한다고 했다. 코를 고는 소리가 잠을 방해하는 것만 아니다. 코나 골고 있으면 하는 일 없이 쉽게 탐지되기나 한다. 어떻게 하면 잘 싸울 수 있는지 잘 생각해 필요한 작전을 세워야 한다. 자기가 무엇을 어떻게 해야 하는지 생각하니, 권태가 생기고 두렵기도 하다고 했다. 코골이 하는 웃기는 녀석들은 두려움을 모른다고 했다.

권태에서 벗어나고 두려움을 쫓기 위해 풍자시를 함부로 지어 기분 좋게 읊어대는 것은 마땅한 작전이 아니라고 했다. 총을 들고 싸우러 나가듯이 정면 공격을 하는 투쟁시를 지어야 한다고 했다. 싸우다가 죽어도 패배를 인정하지 않는다고 단호하게 말하면서 시가 끝났다.

파운드Ezra Pound, 〈**잔존자**The Rest〉

helpless few in my country, remnant enslaved!

Artists broken against her,
A-stray, lost in the villages,
Mistrusted, spoken-against,

Lovers of beauty, starved,
Thwarted with systems,
Helpless against the control;

You who can not wear yourselves out
By persisting to successes,
You who can only speak,
Who can not steel yourselves into reiteration;

You of the finer sense,
Broken against false knowledge,
You who can know at first hand,
Hated, shut in, mistrusted:

Take thought:
I have weathered the storm,
I have beaten out my exile.

내 나라에 있는 무력한 소수, 구속된 소수자!

나라와 부딪혀 부서진 예술가들,
길을 잃고 시골 마을에 묻혀 있고,
의심받고, 욕을 먹고,

아름다움 애호가들이 굶주리고,
제도 때문에 좌절하고,
통제에 무력하고,

자신을 다 쓰지 못하고
성공을 추구하는 그대들
말을 하기나 하고,
반복에 대비하지는 못하며,

식견이 훌륭한 그대들
거짓된 지식에 패배하고,
직접 아는 능력이 있어도,
미움 받고, 감금되고, 불신되고,

생각해보아라,
나는 폭풍을 바꾸어 놓고,
나는 추방을 두드려 폈다.

미국 현대시의 개척자인 에즈라 파운드가 이런 시를 쓴 것은 뜻밖의 일이다. 그러나 그럴 만한 연유가 있다. 제2차 세계대전 중에 반미활동을 했다는 이유로 이탈리아에서 체포되어 구금되었다. 자기 경험을 근거로 아름다움을 애호하고 식견이 훌륭한 예술가가 국가와 부딪혀 박해당한다고 항변했다.

전체가 한 문장으로 이어지고 마침표는 맨 나중에만 있다.

다른 사람들은 곤경에서 벗어나지 못하지만 자기는 다르다고 분명하게 말하려고 한 문장 구성이다. 자기는 몰아치는 폭풍의 방향을 바꾸어놓고, 추방당해 망쳐진 운명을 망치로 두드려 폈다고 했다.

엘뤼아르Paul Eluard, 〈**사랑의 힘을 말한다**Dit de la force de l'amour〉

Entre tous mes tourments entre la mort et moi
Entre mon désespoir et la raison de vivre
Il y a l'injustice et ce malheur des hommes
Que je ne peux admettre il y a ma colère

Il y a les maquis couleur de sang d'Espagne
Il y a les maquis couleur du ciel de Grèce
Le pain le sang le ciel et le droit à l'espoir
Pour tous les innocents qui haïssent le mal

La lumière toujours est tout près de s'éteindre
La vie toujours s'apprête à devenir fumier
Mais le printemps renaît qui n'en a pas fini
Un bourgeon sort du noir et la chaleur s'installe

Et la chaleur aura raison des égoïstes
Leurs sens atrophiés n'y résisteront pas
J'entends le feu parler en riant de tiédeur
J'entends un homme dire qu'il n'a pas souffert

Toi qui fus de ma chair la conscience sensible
Toi que j'aime à jamais toi qui m'as inventé
Tu ne supportais pas l'oppression ni l'injure
Tu chantais en rêvant le bonheur sur la terre

Tu rêvais d'être libre et je te continue.

나의 모든 고뇌 사이에, 죽음과 나 사이에,
내가 하는 절망과 살아야 할 이유 사이에,
불의가 있고, 또한 인류의 불행이 있다.
그것들을 나는 용납하지 못해 분노한다.

스페인의 저항단체에는 핏빛이 있다.
그리스의 저항단체에는 하늘빛이 있다.
빵, 피, 하늘, 그리고 희망을 가질 권리를
악을 미워하는 모든 순진한 사람들에게.

빛은 언제나 꺼져가는 단계에 가까워지고,
생명은 언제나 쓰레기가 될 준비를 하지만,
봄은 돌아와 다시 태어나기를 멈추지 않는다.
어둠 속에서 싹이 트고 온기가 자리 잡는다.

이런 원리야 이기주의자들이라도 알겠지만,
견딜 힘이 없는 무리는 쉽게 물러날 것이다.
나는 미지근함을 비웃는 불꽃 소리를 듣는다.
참기만 하지 않는 사람의 소리를 듣는다.

너, 나의 신체이고 감각이기도 한 너,
너, 영원히 사랑하는 너, 나를 찾아낸 너,
너는 억압이나 모욕을 견디지 않으리라.
너는 땅 위의 행복을 꿈꾸면서 노래하리라.
너는 자유를 꿈꾸고, 나는 너를 따르리라.

프랑스 현대시인 엘뤼아르는 나치 독일에 대한 투쟁을 주장한 저항시를 써서 널리 알려지고 애독되었다. 이 시는 제2차 세계대전이 끝난 1948년에 썼다. 전쟁이 끝나고 나치 독일이 사라졌어도 투쟁해야 할 과제는 남아 있다고 하면서 분발을 촉구했다.

언제나 발상이 명료하고 행의 길이가 짧은 시를 쓰는 것을 장기로 삼았다. 여기서는 이해하기 어려운 복잡한 말도 했다. 상황이 복잡해져서 생각을 더 했다고 할 수 있다. 문장부호를 사용하지 않는 일관된 방식이 여기서는 구문이 단순하지 않아 다소 문제가 있다. 이해를 돕기 위해 번역에는 문장부호를 넣었다.

제1연에서는 투쟁하는 자세를 말했다. 제2연에서는 스페인의 저항은 유혈의 참상을 빚어내고, 그리스의 저항에는 하늘빛을 바라보는 희망이 있다고 해서 시대 상황을 직접 언급했다. 저항해 투쟁하지 않을 수 없는 이유를 말하고, 용기를 가지자고 하는 것이 시인의 임무라고 했다.

제3연에서는 절망적인 사태가 지나가면 다시 희망이 나타나는 원리를 말했다. 제4연에서는 그런 원리가 현실에서 발현되도록 하는 실천력이 있어야 한다고 했다. 서두를 직역하면 "그 온기가 이기주의자들의 원리를 지니겠지만, 그들은 감각이 쇠약해서 버티지 못하리라"이다. 이렇게 번역하면 무슨 말인지 알기 어려우므로, 시인이 말하려고 한 것을 깊이 파악해 위에서와 같이 대담하게 의역했다.

제5연에 이르면 갑자기 "너"가 나와 당황하게 한다. "너"는 누구인가? 어떤 사람을 들어 자기 말을 들으라고 한 것은 아니다. 차분하게 읽어보면 "너"는 "나"의 분신이다. 투쟁을 하려고 떨쳐나서는 분신을 뒤떨어진 내가 따르겠다고 했다. 생각이 모자라고 행동을 하지 못하는 다른 사람을 깨우쳐주려고 하지 않고 자기 각성을 말해 설득력을 높이고자 했다.

박노해, 〈내가 걷는 이유〉

텅 빈 밤거리를 날이 밝을 때까지 걸어

낮 시간에 잠깐씩 공원 벤치에서 눈 붙이고
다시 밤이면 내가 걷는 이유를 너는 모르지

좋았던 아내와 아이가 기다리는 집을 나와
이렇게 홀로 떠도는 이유를 너는 모르지
밤이면 지하철역이나 보도에 누워 잠들지 않고
따뜻한 노숙자 합숙소를 찾아가 잠들지 않고
밤이면 눈뜨고 걷는 이유를 너는 모르지

나는 이대로 무너지고 싶지 않기 때문이다
나는 이대로 망가질 수 없기 때문이다
내 하나뿐인 육신과 정신마저
이대로 망가지게 내버려둘 순 없기 때문이다

나는 일하고 싶다
나는 내 힘으로 일어서고 싶다
나를 망가뜨리는 모든 것들과 처절하게 싸우며
끝끝내 나는 다시 일어서고 싶다

밤이면 내가 걷는 이유를 너는 모르지
눈뜨고 내가 걷는 이유를 너는 모르지
내 안의 불덩어리를 너는 정말 모르지

박노해는 현대 한국의 노동자시인이다. 노동자들이 처참하게 희생되는 모습을 너무나도 생생하게 그려 충격을 주고 박해를 받았다. 이 시에서는 자기 자신에 관한 말을 했다. 밤에 거리를 걸으면서 "이대로 망가질 수 없"다고 하고, "나를 망가뜨리는 모든 것들과 처절하게 싸우며 끝끝내 나는 다시 일어서고 싶다"고 했다.

제10장
노예의 신음

우다르와르Amolkumar Udarwar, 〈우리는 사람일 따름이다We Are Just Human Beings〉

Mans's colour is purely geographical
Not just the matter only biological
For continents drifted due to a process
People went to polar zone to live on icicle

Thus they got white due to temperature low
Coloured are those remained on equator below
Got dark of heat which they did absorb
Adaption was only solution they did follow

Thus it's a matter of millennia ago
Let's not fight due to our immense ego
We are different from the fauna rest
Brotherhood is our ultimate logo

Racism or apartheid
It's always been a cruel deed
For it killed humanity
And humanity excels caste and creed

The Almighty has no bias
He calls everyone to His dais
For our blood is just a same
Ensure all stomachs full of rice

To save the clan of homo sapiens
Stay away from being ruffians
Let's dole out benevolence
The King warned against the aliens

"We have no fangs and no stings

Explore the peace, spread the wings
Stay away from retaliation
For we are truly human beings!!"

사람의 색깔은 오직 지역을 따르고,
생물학적 차이에 관한 사항은 아니다.
대륙이 정해진 순서에 따라 이동하자,
극지의 얼음 위로 가는 무리도 있었다.

기온이 낮은 곳 거주자들은 흰색이고,
적도 아래 남은 사람들은 색깔을 띠고,
흡수한 열기 때문에 피부가 검어졌다.
기후 조건에 적응하는 것이 해결책이다.

이것은 몇 천 년 전에 있었던 일이다.
우리 자아가 다양하다고 싸우지 말자.
우리는 다른 동물들과 상이하지 않나,
형제들끼리의 우의가 궁극의 목표이다.

인종주의나 인종차별은
언제나 잔혹한 짓이다.
사람다움을 죽인다.
사람다움은 계급이나 신앙을 넘어선다.

전능한 분은 치우침이 없다.
어떤 사람이든 모임에 초대한다.
우리는 핏줄이 같아,
모두 배를 채우도록 한다.

호모 사피엔스의 종족을 구해야 하니,
악당 노릇을 하지 말고 물러서라.

관대함을 나누어 주자.
킹은 다른 종족에게 경고했다.

"우리는 송곳도 가시도 없으며,
평화를 탐사하려고 날개를 편다.
보복을 하지 말고 물러서라.
우리는 진실로 사람이니까!!

우다르와르라는 미국 현대시인이 이런 시를 지었다. 인종차별을 비판하는 총론이라고 할 수 있다. 인류의 종을 "호모 사피엔스"라고 일컫는 말은 번역하지 않고 그대로 사용했다. "킹"(Martin Luther King Jr.)은 미국의 흑인인권운동가이다.

인종차별의 근거가 되는 피부색은 기후에 따라 결정될 따름이라고 했다. 피부색이 달라도 생물학적 차이가 없어, 우리 모두 같은 인류라고 했다. 인류를 차별해 해를 끼치는 악당은 인류가 아닌 "다른 종족"이라고 했다. 그러나 싸워서 물리치자고 하지는 않았다. 관대함을 나누어주어, 악당도 "다른 종족"이기를 그만두고 "우리는 진실로 사람이다"는 것을 알게 하자고 했다. 평화적 투쟁의 강령을 선포했다.

하퍼Frances Ellen Watkins Harper, 〈**노예 경매**The Slave Auction〉

The sale began—young girls were there,
Defenseless in their wretchedness,
Whose stifled sobs of deep despair
Revealed their anguish and distress.

And mothers stood, with streaming eyes,
And saw their dearest children sold;
Unheeded rose their bitter cries,

While tyrants bartered them for gold.

And woman, with her love and truth—
For these in sable forms may dwell—
Gazed on the husband of her youth,
With anguish none may paint or tell.

And men, whose sole crime was their hue,
The impress of their Maker's hand,
And frail and shrinking children too,
Were gathered in that mournful band.

Ye who have laid your loved to rest,
And wept above their lifeless clay,
Know not the anguish of that breast,
Whose loved are rudely torn away.

Ye may not know how desolate
Are bosoms rudely forced to part,
And how a dull and heavy weight
Will press the life-drops from the heart.

매매가 시작되었다. 소녀들이다.
도움 받지 못하고, 처량하기만 하다.
깊은 절망에서 우러나는 흐느낌이
불안과 절망을 드러낼 따름이다.

소녀의 어머니들은 서서 눈물을 흘리면서,
가장 가까운 자식이 팔리는 것을 본다.
비통한 절규가 치밀어 올라도 무시되고,
백인 폭군들은 소녀를 팔고 돈을 챙긴다.

여인은 사랑하는 심정, 진실한 마음으로,

검은 상복을 입은 듯한 무리 속에 있는.
젊은 시절의 남편을 물끄러미 바라보았다.
누구도 그리거나 말하지 못할 불안을 지니고.

남자들은 도망가다가 주인이 체포한 보고서를
작성하고 날인하게 만든 것이 유일한 죄과이다.
연약한 몸으로 움츠러드는 어린아이들을 데리고,
옹기종기 모여 애절해 하는 무리를 이루고 있다.

그대들은, 사랑하는 사람이 휴식을 취하게 하며,
생명이 없는 시체를 보고 울거나 할 따름이고,
이 사람들의 괴로운 심정을 알지는 못한다.
사랑하는 사람을 누가 비정하게 앗아가는 고통을.

그대들은, 무자비한 이별을 강요당해야 하는
심정이 얼마나 처참한지 알지는 못한다.
가슴을 어느 정도로 둔탁하고 무거운 것이
짓눌러 생명의 물방울을 짜내는지 알지 못한다.

하퍼는 현대 미국 흑인 여성시인이다. 흑인인권 운동에 헌신하면서 많은 시를 썼다. 흑인 소녀들의 경매를 다룬 이 시에서 노예제도가 얼마나 비열하고 참혹한지 말했다. 노예제도가 폐지되기는 했지만 차별은 여전한 시기에 흑인이 당한 수난을 되새기며 사람다움을 쟁취하기 위해 투쟁했다.

제1 · 2연에서는 흑인 소녀들이 팔려가면서 울고, 바라보는 어머니들은 더욱 비통해하는 현장을 그렸다. 부모가 자식을 파는 사연을 말한 시와 경우가 다르다. 백인 폭군들이 남의 자식을 팔고 돈을 챙기면서 사람을 짐승으로 취급한다. 이것이 자유를 찾아가 새 나라를 만들었다고 하는 미국의 모습이다.

제3 · 4연에서는 자식이 팔려간 다음 남아 있는 사람들의 모습을 그렸다. 제3연에서 곁에 있는 남자를 "젊은 시절의 남편"이라고 한 것은 지금은 남편이 아니라는 말이다. 백인 주인이 관계를 끊도록 했을 것이다. 여인은 하나, 남자들은 여럿 남아 있어 짝이 맞지 않는다.

제5 · 6연에서는 직접 당사자가 아닌 제3자에게 하는 말을 적었다. 사랑하는 사람이 죽어서 떠나가는 이별이나 알고 슬퍼하는 사람들이 생이별을 강요당하는 고통이 어느 정도인지는 알지 못한다고 했다. 노예 경매는 남의 일이라고 방관하지 말고 폐지 투쟁에 힘을 보태달라고 했다.

나이트Etheridge Knight, 〈**내 자신을 위한 시**A Poem For Myself〉

I was born in Mississippi;
I walked barefooted thru the mud.
Born black in Mississippi,
Walked barefooted thru the mud.
But, when I reached the age of twelve
I left that place for good.
My daddy chopped cotton
And he drank his liquor straight.
Said my daddy chopped cotton
And he drank his liquor straight.
When I left that Sunday morning
He was leaning on the barnyard gate.
Left my mama standing
With the sun shining in her eyes.
Left her standing in the yard
With the sun shining in her eyes.
And I headed North
As straight as the Wild Goose Flies,
I been to Detroit & Chicago

Been to New York city too.
I been to Detroit & Chicago
Been to New York city too.
Said I done strolled all those funky avenues
I'm still the same old black boy with the same old blues.
Going back to Mississippi
This time to stay for good
Going back to Mississippi
This time to stay for good–
Gonna be free in Mississippi
Or dead in the Mississippi mud.

나는 미시시피에서 태어났다.
나는 진흙 속을 맨발로 걸었다.
미시시피에서 검둥이로 태어나
진흙 속을 맨발로 걸었다.
그러나 나이 열둘이 되었을 때
나는 행운을 바라고 그곳을 떠났다.
아버지는 목화를 따고,
그리고 술을 단숨에 들이켰다.
아버지는 목화를 따고 말했으며,
그리고 술을 단숨에 들이켰다.
내가 일요일 아침에 떠날 때에,
아버지는 농장 문에 기대고 있었다.
어머니도 서 있으라고 하고.
어머니의 눈에서 태양이 빛나도
마당에 서 있으라고 했다.
어머니 눈에서는 태양이 빛나는데,
나는 북쪽으로 향했다.
야생 오리가 날듯이 곧장 갔다.
나는 디트로이트에도 시카고에도 갔다.
또한 뉴욕에도 갔다.

나는 디트로이트에도 시카고에도 갔다.
또한 뉴욕에도 갔다.
나는 악취 거리를 모두 거닐었다고 말하겠다.
나는 전과 다름없이 흑인 소년이고 전과 다름없이 블루스를 부른다.
미시시피로 돌아와서
이제 행운에 머무르고자 한다.
미시시피로 돌아와서
이제 행운에 머무르고자 한다.
미시시피에서 자유를 누리고
미시시피의 진흙에서 죽으려고 한다.

나이트는 현대 미국의 흑인시인이다. 흑인 음악에서 되풀이하는 것 같은 말로 흑인 소년의 방황을 그렸다. 목화밭에서 일하는 아버지처럼 살지 않으려고 행운을 바라고 고향을 떠났으나 어디 가도 되는 일이 없어 돌아왔다고 했다. 해방되어 노예가 아니지만, 흑인은 무기력하게 살고 희망이 없다는 것을 보여주었다.

부모와 작별하는 광경을 무덤덤하게 그렸다. 아버지는 농장문에 기대서서 아무 반응도 보이지 않고, 어머니는 울어 "눈에서 태양이 빛나"는 모습이라고 했다. "악취 나는 거리"가 대도시의 특징이다. 그런 곳을 거닐어도 할 일을 찾지 못했다.

상가-쿠오 François Sengat-Kuo, 〈**그들이 내게 말했다**Ils m'ont dit〉

Ils m'ont dit
tu n'es qu'un nègre
juste bon à trimer pour nous
j'ai travaillé pour eux

et ils ont ri
Ils m'ont dit
tu n'es qu'un enfant
danse pour nous
j'ai dansé pour eux
et ils ont ri
Ils m'ont dit
tu n'es qu'un sauvage
laisse-là tes totems
laisse-là tes sorciers
va à l'église
je suis allée à l'église
et ils ont ri
ls m'ont dit
tu n'es bon à rien
va mourir pour nous
sur les neiges de l'Europe
pour eux j'ai versé mon sang
l'on m'a maudit
et ils ont ri
Alors ma patience excédée
brisant les noeuds de ma lâche résignation
j'ai donné la main aux parias de l'Univers
et ils m'ont dit
désemparés
cachant mal leur terreur panique
meurs tu n'es qu'un traître
meurs...
pourtant je suis une hydre à mille têtes.

그들이 내게 말했다.
"너는 검둥이이기만 하니,
우리를 위해 수고하는 것이 좋겠다."
나는 그들을 위해 일했다.

그러자 그들은 웃었다.
그들이 내게 말했다.
"너는 어린아이이기만 하니,
우리를 위해 춤추어라."
나는 그들을 위해 춤추었다.
그러자 그들은 웃었다.
그들이 내게 말했다.
"너는 야만인이기만 하니,
토템을 버려라.
주술을 버려라.
교회에 가거라."
나는 교회에 갔다.
그러자 그들은 웃었다.
그들이 내게 말했다.
"너는 나쁠 것이라고는 없으니,
우리를 위해 죽어라."
유럽의 눈발 위에서
그들을 위해 나는 피를 흘렸다.
누가 나를 저주했다.
그러자 그들은 웃었다.
마침내 나는 더 참을 수 없었다.
무기력한 체념의 끈을 끊고,
나는 우주의 천민들과 손을 잡았다.
그러자 그들이 내게 말했다.
충격을 받아 어쩔 줄 모르면서,
극도에 이른 공포를 제대로 감추지도 못하면서,
"죽어라, 너는 배신자이기만 하다,
죽어라."
그렇지만 나는 머리가 천 개나 되는 물뱀이다.

상가-쿠오는 아프리카 카메룬의 시인이다. 아프리카인의 수난을 말하는 이런 시를 썼다. 노예로 잡혀 미국으로 가지 않고 아프리카에 계속 산 흑인은 행복했던 것이 아니다. 아프리카 전역이 식민지가 되어 착취와 억압의 대상이 되었다. 식민지 백성은 직접적인 매매의 대상은 아니어도 노예임을 이 시가 알려준다.

"그들"은 백인 식민지 통치자이다. "나"는 통치를 받고 있는 흑인이다. 둘 사이에 어떤 일이 있었는지 간결하게 말하고, 줄 바꾸기를 자주 하면서 장면을 전환했다. 많은 것을 생략하고 최소한의 발언으로 식민지 통치의 오랜 내력을 압축해 전했다. 말이 계속 이어지고, 문장부호는 맨 끝의 마침표 하나만 있다. 번역에서는 이해하기 쉽게 하려고 문장부호를 모두 갖추고, "그들"이 했다는 말에는 따옴표를 넣었다.

흑인은 백인 지배자가 시키는 대로 일하고, 춤추고, 교회에 가고 전쟁에 나가 피를 흘렸다고 했다. 아프리카에는 눈이 오지 않으니, 피를 흘리기 전에 눈 내린 곳으로 가는 것부터 고통이다. "우주의 천민들과 손을 잡았다"는 것은 전 세계 피압박민족의 투쟁에 동참한다는 말이다. 순종을 버리고 항거를 택하자, 백인 지배자는 충격을 받고 공포에 사로잡혔다고 했다. "나는 머리가 천 개나 되는 물뱀이다"는 죽여도 죽지 않는다고 하면서 투지를 확인하는 말이다.

레고디Karabo Legodi, 〈**어두운 방**Dark Room〉

I stand in a room, a dark room.
I try to see the light, but I can't.
I try to shout,
But I can't.

I sit on a chair,
I stand, I sit,
I stand.

Just like a light switch.

My heart bleeds,
Like a river,
I have a fever,
But not a dreamer.

My name appears on the wall,
As I wait for a call.
My heart fills with darkness,
And sadness becomes my middle name.

What have I done to feel such pain?
I don't get the answer what do I gain?
Tears dripping down my face,
I just need some space.

As each drop reaches the ground,
I can just feel my heart pound,
One, Two, Three...
I want to be free.

나는 방에 서 있다, 어두운 방에.
나는 빛을 보고 싶다, 볼 수가 없다.
나는 고함을 지르고 싶다.
그러나 할 수 없다.

나는 의자에 앉았다.
나는 섰다. 나는 앉았다.
나는 섰다.
불을 켜고 끄는 스위치처럼.

내 심장에 피가 흐른다.

강물처럼
나는 열기가 있다.
나는 몽상가가 아니다.

내 이름이 벽에 나타난다.
나를 부르기를 바란다.
내 심장에는 어둠이 가득 찼다.
슬픔이 내 중간 이름이 된다.

이런 고통을 느끼면서 나는 무엇을 해야 하는가?
무엇을 얻을 것인가에 관한 해답이 내게 없는가?
눈물이 내 얼굴에 흘러내린다.
나는 공간을 조금 원할 따름이다.

눈물방울이 바닥에 떨어지는 데 맞추어,
나는 심장이 뛰는 것을 느낀다.
하나, 둘, 셋...
나는 자유롭고 싶다.

레고디는 남아프리카의 흑인시인이다. 남아프리카의 흑인 인종 차별에 항거하면서 시를 썼다. 1960년대 이래로 아프리카 각국은 식민지 통치에서 해방되었다. 그래서 자유를 얻은 것은 아니다. 남아프리카에서는 소수의 백인이 국권을 장악하고 다수의 흑인을 차별했다. 차별에 항거하면 가혹하게 탄압했다. 그래도 굽히지 않고 투쟁한 사람들 가운데 이 시인도 있다.

"나는"을 되풀이하는 것은 우리말에는 맞지 않지만, 생략하면 너무 단조로워 그대로 옮겼다. "나는" 어두운 방에 갇혀 괴로워한다고 거듭 말했다. 어두운 방은 감방이며 억압당하고 있는 현실이다. 감방이 혼자 들어 있는 독방인데도 외롭다는 말은 하지 않았다. 좁은 공간에 갇혀 괴로워하는 것이 "나"에게 국한되지 않은 "우리 모두"의 처지이다.

어두운 방은 서고 앉는 것만 할 수 있는 곳이고, 그 이상의 자유는 없다고 했다. "심장에 피가 흐른다"는 것은 살아 있으며 열정을 가진다는 말로 이해된다. "내 이름이 벽에 나타난다./ 나를 부르기를 바란다"라는 데 이르면 감방에 갇힌 것을 알 수 있다. "무엇을 해야 하는가?", "무엇을 얻을 것인가?"라고 하는 의문에는 해답을 얻지 못하고, 눈물을 흘리기나 하면서 공간이 조금 넓기를 바라는 처참한 신세라고 했다. 심장이 뛰는 것을 느끼면서 "나는 자유롭고 싶다"고 했다.

이상화, 〈통곡〉

하늘을 우러러
울기는 하여도
하늘이 그리워 울음이 아니다.
두 발을 못 뻗는 이 땅이 애달파,
하늘을 흘기니
울음이 터진다.
해야 웃지 마라.
달도 뜨지 마라.

한국인은 일본의 식민지 통치를 받고 노예 같은 생활을 했다. 노예 지배나 식민지 통치가 피부색으로 구분되는 인종의 차이 때문에 생긴 것은 아니다. 인종의 차이는 식민지 통치를 합리화하기 위한 구실이다. 일본인과 한국인은 피부색에서 차이가 없는데, 일본의 식민지 통치자들이 인종 차별의 공식에 맞추려고 한국인은 원래 열등해 지배를 받아 마땅하다고 했다.

일본의 식민지 통치는 다른 어느 나라보다도 가혹해 격렬한 투쟁이 일어났다. 표현의 자유가 완전히 박탈된 것을 무릅쓰고 항거의 시가 계속 나타났다. 미국의 흑인이나 아프리카인보다도 더 심한 억압을 받아 전후의 사정을 사실에 입각해 서술하지는 못하면서, 식민지 민중이 노예 노릇을 하는 신음을 다른 어디서보다도 처절하게 들려주었다.

이상화가 이런 시를 지었다. 일제의 식민지 통치를 받는 비통한 현실을 〈빼앗긴 들에도 봄은 오는가〉에서는 길게 노래하더니 여기서는 "두 발을 못 뻗는 이 땅"이라고 했다. "해야 웃지 마라./ 달도 뜨지 마라."라고 하는 말로 절망을 토로하고 말을 더 잇지 못했다. 말하지 못한 많은 사연을 독자가 메우면서 읽어야 한다.

레고디가 말한 "어두운 방"에 있지 않고 밖으로 나와 공간이 좀 더 넓어진 것을 다행으로 여기지 않았다. 하늘을 향하고, 해와 달에게 말을 하면서 크나큰 슬픔을 하소연했다. 고난이 우주 공간으로 확대된다고 했다.

권구현, 〈단곡(短曲)〉

1

님 없는 게 섧다 마오.
밥 없는 게 더 섧데다.

한 백년 모실 님이야,
잠시 그려 어떠리만,

죽지 못해 하는 종질
압박만이 보수라오.

2

노예에서 기계로
이 몸을 다 팔아도,

한 끼가 극난하니,
생래(生來)가 무삼 죈가

천지야 넓다 하되,
발불일 곳 바이없어.

3
피투성이 이 몸을
잔인타만 말을 마소.

생각을 끊으니
나도 곧 생불이언만,

발붙인 이 땅이야
도피(逃避)할 줄이 있으랴.

권구현은 일본의 식민지 통치에 맞서 싸우는 시를 쓴 한국시인이다. 모르고 있다가 근래에 발견되었다. 시조를 현대화해서 투쟁의 노래로 만든 것이 특이하다. 추상적인 구호를 내세우지 않고 노동자의 참상과 투쟁을 현장의 실감을 그대로 살려 나타냈다. 표현의 자유가 없어 전후의 내력은 말하지 못하고 상황 설명도 가능하지 않지만, 해야 할 말은 하는 항거 문학의 본보기를 보여주었다고 할 수 있다.

〈단곡 오십편〉(短曲 五十篇)이라는 연작의 일부이다. 개별적인 제목은 없이 번호만 붙인 작품 가운데 셋을 위에서 들었다. (1)은 2번 작품이다. 님이 없는 서러움을 말하는 통상적인 서정에서 벗어나 밥이 없어 종질을 하면서 압박을 견디어야 하는 노동자의 고난을 말해야 한다고 했다. (2)는 5번 작품이다. 단순한 노예 노릇을 하다가 기계에 몸을 팔게 된 것이 노동자의 처지이다. 그래도 먹고살지 못하고 살 곳이 없다는 사실을 "생래(生來)가 무삼 죈가", "발붙일 곳 바이없어"라고 하는 오랜 문구를 활용해 전했다. (3)은 10번 작품이다. 도피하지도 망각하지도 못하니 피투성이가 되도록 투쟁해야 한다고 했다.

심훈, 〈만가(輓歌)〉

궂은 비 줄줄이 내리는 황혼의 거리를
우리들은 동지의 관을 메고 나간다.
수의(壽衣)도 명정(銘旌)도 세우지 못하고
수의조차 못 입힌 시체를 어깨에 얹고
엊그제 떠메어 내오던 옥문(獄門)을 지나
철벅철벅 말없이 무학재를 넘는다.

비는 퍼붓듯 쏟아지고 날은 더욱 저물어
가등(街燈)은 귀화(鬼火)같이 껌벅이는데
동지들은 옷을 벗어 관 위에 덮는다.
평생을 헐벗던 알몸이 추울 상싶어
얇다란 널조각에 비가 새들지나 않을까 하여
단거리 옷을 벗어 겹겹이 덮어 준다...

동지들은 여전히 입술을 깨물고
고개를 숙인 채 저벅저벅 걸어간다.
친척도 애인도 따르는 이 없어도
저승길까지 지긋지긋 미행이 붙어서
조가(弔歌)도 부르지 못하는 산송장들은
관을 메고 철벅철벅 무학재를 넘는다.

한국 근대시인 심훈의 시이다. "자유의 쓰디쓴 맛이 나는 열매를" 기대한다, "나는 자유롭고 싶다"고 하는 데 머무르지 않고, 나서서 싸운 전사들의 모습을 그렸다. 싸우다가 잡혀서 투옥되고, 죽어서야 감옥을 나온 애국 투사의 장례를 사실적으로 묘사했다. 동지들이 자신의 옷을 벗어 시신(屍身)을 덮어 주는 장면에서 감동이 절정에 이른다.

"저승길까지 지긋지긋 미행이 붙어서/ 조가(弔歌)도 부르지 못하는 산송장들"이 식민지 통치에 시달리는 민중의 처지이다. 모두 6행씩 4연인데, 제3연이 검열에서 삭제되었다. 시인이 1936년 35세의 나이로 세상을 떠나, 삭제된 부분을 복원하지 못한다.

이육사, 〈자야곡(子夜曲)〉

수만 호 빛이래야 할 내 고향이언만
노랑나비도 오잖는 무덤 위에 이끼만 푸르리라

슬픔도 자랑도 집어삼키는 검은 꿈
파이프엔 조용히 타오르는 꽃불도 향기론데

연기는 돛대처럼 내려 항구에 들고
옛날의 들창마다 눈동자엔 짜운 소금이 저려

바람 불고 눈보라 치잖으면 못 살리라
매운 술을 마셔 돌아가는 그림자 발자취 소리

숨 막힐 마음속에 어데 강물이 흐르뇨
달은 강을 따르고 나는 차디찬 강 맘에 드리라

수만 호 빛이래야 할 내 고향이언만
노랑나비도 오잖는 무덤 위에 이끼만 푸르리라

이육사는 한국 근대시인이다. 〈자야곡〉(子夜曲)은 "한밤중의 노래"라는 뜻이다. 제1연에서 말하고 제6연에서 되풀이한 낭만적인 영탄인 것 같은 말에 한밤중의 노래가 무엇을 뜻하는지 알아낼 수 있는 단서가 있다. "수만 호 빛이래야 할" 곳에 "노랑나비도 오잖는 무덤 위에 이끼만 푸르리라"라고 한 것이 "한밤중"에 겪는 처참한 시련이다.

"고향"을 두고 한 말이기에는 너무 거창하다. "고국"을 "고향"이라고 하고, 영광을 누려야 할 고국이 처참한 시련을 겪고 있는 것을 우회적인 방법을 사용해 드러나지 않게 개탄했다. 모든 불행이 일본의 식민지 통치 때문이라는 것을 "한밤중"이라는 말로 암시했다. 표현의 자유가 아주 말살된 1941년에도 항변을 멈추지 않으려고 이런 시를 썼다.

제2연에서는 "슬픔도 자랑도 집어삼키는 검은 꿈"에 사로잡혀, 자기는 담배나 피면서 마음을 다스린다고 했다. 제3·4연에서는 모진 시련을 견디는 자세를 말했다. "항구"·"들창"·"눈동자"는 밖으로 열려 있으나 "연기"나 "소금"이 가로막아 절망을 강요한다고 했다. "바람 불고 눈보라 치"기를 바라고, "매운 술을" 마셔 격동을 자청하면서 어렴풋한 가능성을 "돌아가는 그림자 발자취 소리"에서 알아차리기를 바란다고 했다.

제5연에서 "숨 막힐 마음속에 어데 강물이 흐르뇨"라고 한 것은 한밤중의 어둠에서 벗어날 길을 "강"이라고 말하면서 찾고자 했다. "달은 강을 따르고"에서는 "강"이라고 한 역사의 진행 방향을 "달"이라는 광명이 비추면서 인도한다고 했다. "나는 차디찬 강 맘에 드리라"에서는 시련이 있어 "차디찬" 강에 자기 마음을 온통 바치겠다고 했다.

제III장
투쟁의 길

작자 미상, 〈벽상에 칼이 울고...〉

벽상(壁上)에 칼이 울고, 흉중(胸中)에 피가 뛴다.
살 오른 두 팔뚝이 밤낮에 들먹인다.
시절아, 너 돌아오거든 "왔소" 말을 하여라.

한국의 고시조에 이런 것이 있다. 싸울 준비를 다 갖추고 싸우러 나갈 날만 기다린다고 했다. 무엇 때문에, 왜, 어떻게 싸우는가에 관해서는 말하지 않았다. 독자가 자기 좋은 대로 받아들여 어떤 투쟁을 위해서도 부를 노래로 삼을 만하다.

플런키트Joseph Plunkett, 〈**불꽃**The Spark〉

Because I used to shun
Death and the mouth of hell
And count my battle won
If I should see the sun
The blood and smoke dispel,

Because I used to pray
That living I might see
The dawning light of day
Set me upon my way
And from my fetters free,

Because I used to seek
Your answer to my prayer
And that your soul should speak
For strengthening of the weak
To struggle with despair,

Now I have seen my shame

That I should thus deny
My soul's divinest flame,
Now shall I shout your name.
Now shall I seek to die

By any hands but these
In battle or in flood,
On any lands or seas,
No more shall I share ease,
No more shall I spare blood

When I have need to fight
For heaven or for your heart,
Against the powers of light
Or darkness I shall smite
Until their might depart,

Because I know the spark
Of God has no eclipse,
Now Death and I embark
And sail into the dark
With laughter on our lips.

나는 죽음이나 지옥의 입구를
원하지 않아 피해 다니면서,
태양을 바라보면
전투에서 이겨 피와 안개를
퇴치하리라고 생각하곤 했다.

나는 내가 살아 있으면서,
어느 날의 새벽빛을 보고
나아갈 길 인도를 받아
속박에서 벗어나게

해달라고 기도하곤 했다.

나는 당신이
나의 기도에 응답하고,
당신의 영혼이 말을 해와
약자가 강력한 힘을 얻어
절망과 싸우라고 기대하곤 했다.

그 모두 부끄러운 짓인 줄 알게 되어,
내 영혼이 가장 성스러운
불길이라고 하지 않는다.
이제 당신의 이름을 소리쳐 부른다.
이제 나는 죽음을 찾는다.

누구의 손에 의해서든
전쟁에서든 홍수에서든
어느 땅에서든 바다에서든,
나는 편안함도 피도
아끼지 않는다.

하늘을 위해서나
당신을 위해서나,
빛의 세력이든 어둠의 세력이든
맞서서 싸워야 한다면
물리칠 때까지 공격하겠다.

하느님의 불꽃은
불멸임을 알아
이제 죽음과 내가 배를 타고
어둠 속으로 항해해 들어간다.
우리 입술에 웃음을 띠고서,

플런키드는 아일랜드 시인이다. 몸에 병이 있고 마음이 여린 시인이 민족 해방을 위한 무장 투쟁의 선두에 섰다가 희생되었다. 영국의 식민지 통치를 물리치고 아일랜드를 해방시키기 위해 봉기한 독립군의 사령관으로 활약하다가 1916년에 처형되었다.

독립 전쟁을 위해 떨쳐나서는 투지를 가다듬은 이 시가 두 부분으로 이루어져 단계적인 변화를 말해주었다. 제3연까지의 전반부에서는 죽음을 피하고 살아 있으면서 요행을 얻어 전투에서 승리하기를 기대했다고 했다. 제4연부터의 후반부에서는 그런 소극적인 자세가 잘못인 줄 알고 죽음을 각오하고 적극 투쟁하겠다고 했다.

"당신"이라고 하다가 나중에는 "하느님"이라고 한 신앙의 대상이 투쟁과 계속 연결되어 있다. 정당성을 보장하고, 힘을 얻어야 하기 때문이다. 정당성과 힘은 상관관계를 가졌다. 전반부에서는 신앙의 대상에 의존하려고 해서 얻는 힘이 약했으며, 후반부에서는 신앙의 대상이 지닌 힘을 발현해 정당성이 완벽하다.

투쟁에서 발현되는 힘을 불이라고 하면서 "flame"과 "spark"를 구별해 사용했으므로 앞의 것은 "불길", 뒤의 것은 "불꽃"이라고 번역했다. "내 영혼이 가장 성스러운 불길"이라고 생각한 것은 잘못임을 깨닫고 "하느님의 불꽃은 불멸임을 알아" 죽음을 각오하고 결전에 나선다고 했다. 자기가 대단하다고 여기는 자부심을 버리고 절대적인 소명 실현에 모든 것을 다 바쳐 희생해야 성스럽고 강력하게 된다고 했다. "불꽃"이 "불멸"이라는 것은 정당성이 순간에 발현하는 위력이 영원이 지속된다는 말이다. 시 제목을 〈불꽃〉이라고 한 것이 깊은 의미를 지닌다.

"빛의 세력이든 어둠의 세력이든" 맞서서 싸워 "물리칠 때까지 공격하겠다"고 했다. 싸움 상대를 누구나 알 수 있으므로 영국을 직접 지칭하지 않았다. "빛이든 어둠이든"이라고 한 것은 어떤 적대자이든 가리지 않는다는 말이라고 할 수 있지만, 빛을 표방하는 영국이 "어둠의 세력"임을 지적했다고 보는 편이 더욱 타당하다.

영국을 물리치기 위한 싸움이 실패로 돌아가고 시인은 여러 동지와 함께 처형되었다. 그래서 "하느님의 불꽃은 불멸"임이 부정된 것은 아니다. 죽음 자체에 죽음을 선택한다는 시가 추가되어, 가까이는 자기 동족, 아일랜드인, 멀리는 외세의 지배에서 벗어나기 위해 투쟁하는 모든 사람들의 마음속에 불꽃이 일어나게 했다. 정의로운 투쟁의 정당성을 확인하고 고무하는 데 널리 쓰일 수 있는 본보기를 마련했다.

위고Victor Hugo, 〈시인이 1848년에 스스로 말해야 하는 것Ce que le poète se disait en 1848〉

Tu ne dois pas chercher le pouvoir, tu dois faire
Ton œuvre ailleurs ; tu dois, esprit d'une autre sphère,
Devant l'occasion reculer chastement.
De la pensée en deuil doux et sévère amant,
Compris ou dédaigné des hommes, tu dois être
Pâtre pour les garder et pour les bénir prêtre.
Lorsque les citoyens, par la misère aigris,
Fils de la même France et du même Paris,
S'égorgent ; quand, sinistre, et soudain apparue,
La morne barricade au coin de chaque rue
Monte et vomit la mort de partout à la fois,
Tu dois y courir seul et désarmé ; tu dois
Dans cette guerre impie, abominable, infâme,
Présenter ta poitrine et répandre ton âme,
Parler, prier, sauver les faibles et les forts,
Sourire à la mitraille et pleurer sur les morts ;
Puis remonter tranquille à ta place isolée,
Et là, défendre, au sein de l'ardente assemblée,

Et ceux qu'on veut proscrire et ceux qu'on croit juger,
Renverser l'échafaud, servir et protéger
L'ordre et la paix, qu'ébranle un parti téméraire,
Nos soldats trop aisés à tromper, et ton frère,
Le pauvre homme du peuple aux cabanons jeté,
Et les lois, et la triste et fière liberté;
Consoler dans ces jours d'anxiété funeste,
L'art divin qui frissonne et pleure, et pour le reste
Attendre le moment suprême et décisif.

Ton rôle est d'avertir et de rester pensif.

너는 정치권력을 추구하려고 하지 말고,
다른 일을 임무로 삼고 상이한 정신을 지녀,
기회가 와도 결백하게 물러나야 한다.
부드럽게 조상하고 준엄하게 사랑하는 정신으로,
이해되고 멸시받는 너는 사람들을
지키는 목동이며, 축복하는 사제여야 한다.
시민들이 가혹한 불행을 겪을 때,
같은 프랑스, 같은 파리의 자식들
목이 달아매일 때, 갑자기 을씨년스럽게
거리 한 구석에 바리케이트가 쳐지고
사방에서 한꺼번에 죽음이 쏟아져 나올 때,
너는 그 곳에 혼자 무장하지 않고 가야 한다.
이 불경스럽고, 끔찍하고, 야비한 싸움터에서
너는 가슴을 열고, 마음을 나누어야 한다.
약하고 강한 이들을 말하고, 당부하고, 돌보아야 한다.
포탄이 터져도 웃고, 죽은 사람들을 위해 울다가
너의 고독한 자리로 조용하게 물러나야 한다.
그러면서도 열렬한 군중 속에 있다고 여겨야 한다.
추방되는 사람들, 재판받는 사람들을 돌보고,
교수대를 뒤집어엎고, 불온한 도당에게 맞서

흔들어 놓은 질서와 평화는 지켜야 한다.
너무나도 쉽게 속임수에 넘어가는 우리 군인들
너의 형제, 감옥에 갇혀 있는 가여운 민중,
법률, 서글프고 긍지 높은 자유를 옹호해야 한다.
이 암울하고 불안한 시대에 떨리면서 흐느끼는
신성한 예술을 수호하고, 다른 것들도 위해서
최고의 결정적인 순간을 기다려야 한다.

너의 임무는 깨우치고 사색에 잠기는 것이다.

프랑스의 시인 위고는 1845년에 국회의원이 되어 정계에 진출했다. 1848년 2월 혁명이 일어났을 때에는 보수적인 성향을 지녔다가 진보적인 노선으로 선회했다. 자기가 지지하던 루이 나폴레옹이 1851년에 국권을 독점하고 황제가 되어 나폴레옹 3세라고 하니 반역자라고 규탄하고 망명의 길에 올랐다. 1870년에 나폴레옹 3세가 물러나자 열렬한 환영을 받으면서 귀국해 다시 국회의원이 되었다.

1848년 7월에 썼다고 명시한 시는 보수에서 진보로 선회하는 시기의 혼란되고 상반된 생각을 나타냈다. 시인이 투쟁의 깃발을 들어야 한다고 하지는 않았다. 시인은 혁명에 직접 참여하지 말고, 권력과 무관한 개인으로 남아 있어야 한다는 견지에서 피해자인 약자뿐만 아니라 가해자인 강자도 함께 위로해야 했다. "떨리면서 흐느끼는 신성한 예술"을 옹호하는 것이 시인의 가장 큰 임무라고 했다. 시인의 임무는 깨우치는 것이라고 했는데, 무엇을 깨우치는지 모호하다.

자기 자신이 추구하고 있던 정치권력을 시인은 멀리 해야 한다고 했다. 정치나 권력은 보수와 진보 어느 쪽이든 시인은 멀리 해야 한다고 했다. 혁명은 "불경스럽고, 끔찍하고, 야비한 싸움"이기만 하다고 하고, 외면하지 말아야 하지만 휩쓸리지도 말아야 한다고 했다. 나폴레옹 3세와 투쟁하다가 열렬한 진보주의자가 된 시기와는 다른 생각이다.

엘뤼아르Paul Éluard, 〈통행금지Couvre-feu〉

Que voulez-vous la porte était gardée
Que voulez-vous nous étions enfermés
Que voulez-vous la rue était barrée
Que voulez-vous la ville était matée
Que voulez-vous elle était affamée
Que voulez-vous nous étions désarmés
Que voulez-vous la nuit était tombée
Que voulez-vous nous nous sommes aimés.

너는 어떻게 하겠나, 문에서 지키니.
너는 어떻게 하겠나, 우리는 갇혔으니.
너는 어떻게 하겠나, 거리는 차단되었으니.
너는 어떻게 하겠나, 도시는 정복되었으니.
너는 어떻게 하겠나, 도시는 굶주리니.
너는 어떻게 하겠나, 우리는 무장 해제되었으니.
너는 어떻게 하겠나, 밤이 되었으니.
너는 어떻게 하겠나, 우리는 사랑하니.

프랑스 현대시인 엘뤼아르는 초현실주의에 가담했다가 독일이 프랑스를 침공해 통치하자 저항시를 쓰는 참여시인으로 나섰다. 프랑스가 독일군에 점령당해 겪는 시련을 이렇게 노래했다. "너는 어떻게 하겠나"라고 하는 말을 여덟 행 서두에서 여덟 번 되풀이하면서 그대로 있을 수 없으니 나서서 싸워야 한다고 암시했다. 뒤에 붙인 말도 반복인 것 같으나 단계적인 발전이 있다. 출입금지 상태를, 도시의 상황을, 항쟁의 당위와 어려움을 말했다. 그러고는 화제를 바꾼 것 같으나, 밤이 되어 항쟁의 시간이 닥쳐왔으니 사랑하는 사람들이 함께 나서자고 한 것으로 새겨들을 수 있는 말을 했다.

디오프David Diop, 〈물결Vagues〉

les vagues furieuses de la liberté
claquent sur la bête affolée
de l'esclave d'hier un combattant est né
et le docker de suez et le coolie d'hanoi
tous ceux qu'on intoxiqua de fatalité
lancent leur chant immense au milieu des vagues
les vagues furieuses de la liberté
qui claquent sur la bête affolée

자유를 찾는 성난 물결이
두려워하고 있는 짐승에게 덮친다.
어제의 노예가 오늘은 투사로 태어난다.
수에즈의 부두노동자 하노이의 천한 일꾼
숙명의 굴레 속에서 중독되어 지내던 사람들
모두 거대한 물결 속에서 엄청난 노래를 부른다.
자유를 찾는 성난 물결이
두려워하고 있는 짐승에게 덮친다.

디오프는 아프리카 세네갈의 시인이다. 아프리카의 해방을 염원하는 마음을 열렬하게 나타내는 시를 뛰어나게 써서 국제적인 평가를 얻었다. 이 시에서 세계사에서 벌어지는 거대한 투쟁을 말했다. 수에즈의 아랍인, 하노이의 동아시아인이 아프리카인과 동지라고 했다. 세계 전역에서 벌어진 제국주의 침략에 항거하고 해방을 이룩하는 성스러운 과업을 함께 수행한다고 했다. 제3세계 국제주의는 이렇게 해서 탄생했다. 아프리카가 하나라고 하는 데서 시작해서 세계가 하나라고 했다.

김남주, 〈죽창가〉

이 두메는 날라와 더불어 꽃이 되자 하네 꽃이
피어 눈물로 고여 발등에서 갈라진 녹두꽃이 되자 하네

이 산골은 날라와 더불어 새가 되자 하네 새가
아랫녘 웃녘에서 울어예는 파랑새가 되자 하네

이 들판은 날라와 더불어 불이 되자 하네
불이 타는 들녘 어둠을 사르는 들불이 되자
불이 타는 들녘 어둠을 사르는 들불이 되자 하네

되자 하네 되고자 하네
다시 한 번 이 고을의 반란이 되고자 하네
청송녹죽 가슴에 꽂히는 죽창이 되자 하네

한국 현대시인 김남주는 민중시인이고 혁명시인이라고 한다. 이 작품에서 동학혁명 때의 노래를 다시 불렀다. 그 당시에 유행하던 파랑새 노래를 오늘날 것으로 다시 만들었다.

가혹한 수탈을 견디지 못해 농민이 죽창을 들고 고을에서 일으킨 반란을 되새기며 다시 일어나자고 했다. 농민을 이끌던 지도자를 녹두꽃의 파랑새라고 하던 말을 하면서, 이 시대의 녹두꽃이 되고 파랑새가 되자고 했다. "불이 타는 들녘 어둠을 사르는 들불이 되자"는 모든 것을 바꾸어놓는 거대한 혁명을 일으키자고 했다.

김지하, 〈타는 목마름으로〉

신 새벽 뒷골목에

네 이름을 쓴다 민주주의여
내 머리는 너를 잊은 지 오래
내 발길은 너를 잊은 지 너무도 너무도 오래
오직 한 가닥 있어
타는 가슴 속 목마름의 기억이
네 이름을 남 몰래 쓴다 민주주의여

아직 동 트지 않은 뒷골목의 어딘가
발자욱 소리 호르락 소리 문 두드리는 소리
외마디 길고 긴 누군가의 비명 소리
신음 소리 통곡 소리 탄식 소리 그 속에 내 가슴팍 속에
깊이깊이 새겨지는 내 이름 위에
네 이름의 외로운 눈부심 위에
살아오는 삶의 아픔
살아오는 저 푸르른 자유의 추억
되살아오는 끌려가던 벗들의 피 묻은 얼굴
떨리는 손 떨리는 가슴
떨리는 치떨리는 노여움으로 나무판자에
백묵으로 서툰 솜씨로
쓴다.

숨죽여 흐느끼며
네 이름을 남 몰래 쓴다.
타는 목마름으로
타는 목마름으로
민주주의여 만세.

김지하가 쓴 이 시는, 다음에 드는 엘뤼아르의 〈자유〉와 흡사한 점이 있다. "자유"든 "민주"든 그 이름을 쓴다고 한 것이 같다. 그러나 공중에서 내려다보면서 모든 것을 포괄하는 총

체적인 자유를 말할 수 있는 여유가 김지하에게는 없었다. 엘뤼아르의 초현실주의는 상상과 연상의 공중비행을 가능하게 했으나, 김지하는 사실주의의 노선을 견지하면서 탄압을 무릅쓰고 부당한 현실과 대결해야 했다. 마음이 여리고 천진난만한 시인으로 남아 있지 못하고 강경한 투사가 되어야 했다.

이 시는 엘뤼아르의 〈자유〉의 병렬구성과는 상이하게, 제1연에서 서론, 제2연에서 본론, 제3연에서 결론을 말하는 논리적인 순서를 갖추고 있다. 제1연에서는 새벽이 와서 어둠 속에서 고난을 당하는 시기가 끝나기를 간절하게 소망한다고 했다. 제2연에서는 상당한 정도로 구체화된 암시를 갖추어, 비명을 지르고, 신음하고, 통곡하고, 탄식하고, 피를 흘리는 시련을 물리치기 위한 투쟁을 시작해야 한다고 했다. 제3연서는 소망의 간절함을 "타는 목마름"이라는 문구를 되풀이해 말하고, 이것을 시의 표제로 삼았다.

제12장
그날이 온다

심훈, <그날이 오면>

그날이 오면, 그날이 오면은
삼각산이 일어나 더덩실 춤이라도 추고
한강물이 뒤집혀 용솟음 칠 그날이,
이 목숨이 끊어지기 전에 와주기만 할 양이면,
나는 밤하늘에 날으는 까마귀와 같이
종로의 인경(人磬)을 머리로 들이받아 울리오리다.
두개골은 깨어져 산산 조각 나도,
기뻐서 죽사오매 오히려 무슨 한이 남으오리까.

그날이 와서, 오오 그날이 와서
육조(六曹) 앞 넓은 길을 울며 뛰고 뒹굴어도,
그래도 넘치는 기쁨에 가슴이 미어질 듯하거든,
드는 칼로 이 몸의 가죽이라도 벗겨서
커다란 북을 만들어 들쳐 메고는
여러분의 행렬에 앞장을 서오리다.
우렁찬 그 소리를 한번이라도 듣기만 하면
그 자리에 거꾸러져도 눈을 감겠소이다.

식민지 통치에서 해방되어 조국 광복을 이룩하는 날이 오기를 간절하게 바란 이 시를 1930년 3월 1일에 썼다고 시인이 기록해 놓았다. 이런 시를 모아 시집을 내려고 검열을 신청하였으나 통과되지 않았다. 시인은 1936년에 세상을 떠나고 원고가 남아 있어 광복 후에 출판되었다.

다른 시인들은 조심스럽게 암시하기나 하던 조국 해방의 소망을 정면에서 나타내서 소리 높여 노래했다. 삼각산과 한강수를 다시 노래하면서 침략자가 훼손하기 전에 지명을 되찾은 서울 거리를 수많은 사람과 함께 춤추며 내닫는 기쁨을 당장 누리는 것처럼 나타냈다. 극단에 이르는 불가능한 상상을 하고서도 힘찬 거동으로 앞으로 나아갔다.

엘뤼아르Paul Eluard, 〈자유Liberté〉

Sur mes cahiers d'écolier
Sur mon pupitre et les arbres
Sur le sable de neige
J'écris ton nom

Sur toutes les pages lues
Sur toutes les pages blanches
Pierre sang papier ou cendre
J'écris ton nom

Sur les images dorées
Sur les armes des guerriers
Sur la couronne des rois
J'écris ton nom

Sur la jungle et le désert
Sur les nids sur les genêts
Sur l'écho de mon enfance
J'écris ton nom

Sur les merveilles des nuits
Sur le pain blanc des journées
Sur les saisons fiancées
J'écris ton nom

Sur tous mes chiffons d'azur
Sur l'étang soleil moisi
Sur le lac lune vivante
J'écris ton nom

Sur les champs sur l'horizon
Sur les ailes des oiseaux

Et sur le moulin des ombres
J'écris ton nom

Sur chaque bouffées d'aurore
Sur la mer sur les bateaux
Sur la montagne démente
J'écris ton nom

Sur la mousse des nuages
Sur les sueurs de l'orage
Sur la pluie épaisse et fade
J'écris ton nom

Sur les formes scintillantes
Sur les cloches des couleurs
Sur la vérité physique
J'écris ton nom

Sur les sentiers éveillés
Sur les routes déployées
Sur les places qui débordent
J'écris ton nom

Sur la lampe qui s'allume
Sur la lampe qui s'éteint
Sur mes raisons réunies
J'écris ton nom

Sur le fruit coupé en deux
Du miroir et de ma chambre
Sur mon lit coquille vide
J'écris ton nom

Sur mon chien gourmand et tendre

Sur ses oreilles dressées
Sur sa patte maladroite
J'écris ton nom

Sur le tremplin de ma porte
Sur les objets familiers
Sur le flot du feu béni
J'écris ton nom

Sur toute chair accordée
Sur le front de mes amis
Sur chaque main qui se tend
J'écris ton nom

Sur la vitre des surprises
Sur les lèvres attendries
Bien au-dessus du silence
J'écris ton nom

Sur mes refuges détruits
Sur mes phares écroulés
Sur les murs de mon ennui
J'écris ton nom

Sur l'absence sans désir
Sur la solitude nue
Sur les marches de la mort
J'écris ton nom

Sur la santé revenue
Sur le risque disparu
Sur l'espoir sans souvenir
J'écris ton nom

Et par le pouvoir d'un mot

Je recommence ma vie
Je suis né pour te connaître
Pour te nommer

Liberté

나의 학교 공책 위에
나의 책상과 나무 위에
모래 위에 눈 위에
나는 너의 이름을 쓴다.

읽은 모든 페이지 위에
모든 백지 페이지 위에
돌 피 종이 또는 재 위에
나는 너의 이름을 쓴다.

금빛 형상들 위에
병사들의 무기 위에
왕들의 관 위에
나는 너의 이름을 쓴다.

밀림과 사막 위에
새 둥지 위에 금잔화 위에
내 어린 시절의 메아리 위에
나는 너의 이름을 쓴다.

밤의 경이로움 위에
낮에 먹는 흰 빵 위에
약혼하는 계절 위에
나는 너의 이름을 쓴다.

나의 모든 하늘색 누더기 위에
태양이 곰팡 슨 연못 위에
달이 살아 있는 호수 위에
나는 너의 이름을 쓴다.

들판 위에 지평선 위에
새들의 날개 위에
그늘진 방앗간 위에
나는 너의 이름을 쓴다.

새벽의 모든 입김 위에
바다 위에 배 위에
미친 산 위에
나는 너의 이름을 쓴다.

구름의 이끼 위에
폭풍의 땀 위에
굵고 역겨운 비 위에
나는 너의 이름을 쓴다.

번쩍이는 물체 위에
여러 빛깔의 종이 위에
형체가 있는 진실 위에
나는 너의 이름을 쓴다.

깨어난 오솔길 위에
뻗어난 큰길 위에
넘치는 광장 위에
나는 너의 이름을 쓴다.

불 켜진 램프 위에
불 꺼진 램프 위에
내가 만나는 이유 위에
나는 너의 이름을 쓴다.

둘로 쪼갠 과일 위에
거울 내 침실
내 침대 빈 조개껍질 위에
나는 너의 이름을 쓴다.

욕심 많고 얌전한 내 개 위에
곤두세운 귀 위에
뒤뚱거리는 발 위에
나는 너의 이름을 쓴다.

내 문의 발판 위에
낯익은 물건 위에
축복받은 불의 물결 위에
나는 너의 이름을 쓴다.

모든 화합한 육체 위에
내 벗들의 이마 위에
모든 긴장한 손 위에
나는 너의 이름을 쓴다.

놀란 유리창 위에
긴장한 입술 위에
그래 침묵을 넘어서서
나는 너의 이름을 쓴다.

파괴된 내 안식처 위에
무너진 내 등대 위에
내 권태의 담장 위에
나는 너의 이름을 쓴다.

욕망 없는 부재 위에
벌거벗은 고독 위에
죽음의 행진 위에
나는 너의 이름을 쓴다.

되돌아온 건강 위에
사라진 위험 위에
회상이 없는 희망 위에
나는 너의 이름을 쓴다.

말 한마디의 힘으로
나는 삶을 다시 시작한다.
나는 태어났다.
너를 알고 너의 이름을 부르려고.

자유여.

프랑스 현대시인 엘뤼아르는 초현실주에 가담했다가 독일이 프랑스를 침공해 통치하자 저항시를 쓰는 참여시인으로 나섰다. 절망의 시를 쓰기만 하지 않고, 여기서는 투쟁해서 희망을 찾자고 했다. 숨어 지내고 있던 1942년에 써서 비밀출판한 시집에 수록한 이 시를 영국에 있는 프랑스 망명정부에서 입수해 기관지에 전재하고, 수백만 부를 영국 공군기에 싣고 가 프랑스 전역에 투하하도록 했다. “자유”를 말하기만 하고 투쟁은 언급조차 하지 않은 작품이지만 큰 반응을 불러일으켰으며, 저항시의 대표작으로 평가된다.

제1연에서 제20연까지 "너의 이름을 쓴다"고 하는 말을 되풀이했다. 제21연에서는 "말 한마디의 힘으로 나는 삶을 다시 시작한다"고 하고, "나는 너를 알고 너의 이름을 부르려고" 했다. 제22연에 이르러 "자유"라는 말을 비로소 했다. 단어 하나가 한 연이 되게 했다. 자유가 얼마나 소중하고, 자유를 얻기 위해 얼마나 많은 곡절을 겪으면서 인내해야 하는지 알려주는 방법을 마련했다.

"너의 이름을 쓴다"고 하는 곳을 들면서 일상적인 사소한 사물을 늘어놓고, 장난삼아 말한 것들이 적지 않다. 연관관계를 알 수 없는 사항을 연속시켜 당황하게 했다. "읽은 모든 페이지", "모든 백지 페이지"를 말하다가 "돌 피 종이 또는 재"를 열거해 합리적인 연관을 넘어서서 자유롭게 뻗어나는 연상을 받아들이라고 했다. "미친 산", "여러 빛깔의 종", "내 침대 빈 조개껍질" 같은 것들은 무슨 말인지 알기 어렵다. 제17연에서 제19연까지는 긴장된 상황이나 절망적인 사태를 말해주다가 제20연에서 다시 소리를 낮추었다.

위에서 든 특징은 초현실주의 수법을 이어서 생겼다. 초현실주의의 수법으로 저항시를 써서 차질이 생기고 효과가 적었다고 할 수 있다. 자유가 정치적인 의미만 지닌다고 하지 않았다. 어떤 규범에도 매이지 않고 삶의 모든 국면에서 상상하고 연상하는 것이 허용되는 전면적인 자유를 찾아야 한다고 했다. 마음이 여리고 천진난만한 시인이 나서서 이렇게 말하는 것이 강경한 투사의 외침보다 더 넓은 반응을 불러일으켰다.

작품의 주제를 적극적으로 해석해보자. 어디서든지, 어떻게 해서든지, 누구든지 벌여야 하는 전면적인 투쟁이 자유를 자유라고 부르는 이름 짓기에서 시작된다고 했다. 자유를 자유라고 부르는 이름 짓기를 하는 사람은 시인이다. 나약해서 비난받아야 할 것 같은 시인이 시인에게 주어진 사명을 수행했다. 말을 무기로 삼아, 최초의 발언 한마디로 수많은 사람이 마음속에 묻어둔 긴 사연을 폭발시키는 도화선을 마련했다.

마신데Dayan Masinde, 〈이제 혁명이다!Revolution is now!〉

I write to you fellow youth
From the slums to the suburbs
From upcountry to the cities
Arise!
I write to you fellow youth
Pick up that dream you have shelved
Forget about the voices that whispered
That you can't; don't they see the fire within you?
I write to you fellow youth
You, me, we are great
Let us unlearn and break away
From the things that holds us in useless, undeserving bondage
I write to you fellow youth
Life will not begin tomorrow
Change is now
We can have the life we desire
I write to you fellow youth
Your mind is great
Your future is bright
The glimmering horizon beckons..
I write to you fellow youth
We are the beauty and life of the world
The strength of our nation
The pillar of our legacy
I write to you fellow youth
Revolution will not come by violence
But by reason, patience, relentlessness
By love and unity of purpose
I write to you fellow youth
Let us be people of integrity, people of justice, people of leadership

Let us show them how things should be done
Change things now, through hard work, greatness and service
I write to you fellow youth
The future is for the brave
For those who dream and pursue
And we, we are The Brave!
I write to you fellow youth
ARISE!!!!! Revolution is now…

젊은 동지들에게 알린다.
빈민가에서 변두리까지,
산골에서 도시까지.
일어나라!
젊은 동지들에게 알린다.
얹어두었던 꿈을 쳐들고,
너는 할 수 없다고 속삭이기만 하던 말은 잊어라.
마음속에서 타오르는 불꽃을 보지 못하느냐?
젊은 동지들에게 알린다.
너나 나, 우리는 위대하다.
잊어버리고 벗어나자
우리를 무익하고 부당하게 속박하는 것들에서.
젊은 동지들에게 알린다.
삶은 내일 시작되지 않으니,
지금 바꾸어라.
우리가 바라는 대로 살 수 있다.
젊은 동지들에게 알린다.
너의 마음은 위대하다.
너의 미래는 밝다.
번쩍이는 지평선이 손짓한다.
젊은 동지들에게 알린다.
우리는 이 세상의 아름다움이고 생명이다.
우리나라의 힘이다.

유산을 받드는 기둥이다.
젊은 동지들에게 알린다.
혁명은 폭력을 사용하면 성취되는 것은 아니다.
이성과 끈기, 철저한 노력이 필요하다. 애정을 가지고,
목적을 통일시켜야 한다.
젊은 동지들에게 알린다.
단합되고, 정의롭고, 지도력을 가지는 민중이 되자.
일이 어떻게 되어야 하는지 그들에게 보여주자.
지금 힘든 작업, 위대함과 봉사로 사태를 바꾸자.
젊은 동지들에게 알린다.
미래는 용감한 사람들의 것이다.
꿈을 가지고 성취하는 사람들의 것이다.
우리는. 우리는 용감한 사람들이다!
젊은 동지들에게 알린다.
일어나라!!!!! 이제 혁명이다...

마신데는 케냐 시인이다. "젊은 동지들에게 알린다"는 말을 거듭해 노래를 부르는 듯한 시를 썼다. 이제 일어나 독립 혁명을 이룩하자고 하면서, 혁명을 하려면 자신을 가지고 가능성을 믿어야 한다고 했다. 혁명은 폭력을 사용하면 되는 것은 아니라고 했다. 혁명이 테러는 아니라는 말이다. "이성과 끈기, 철저한 노력"을 가지고, 통일된 목적을 달성해야 한다고 했다.

리포Lypho, 〈**독립**L'indépendance〉

Indépendance
danse danse
autour du temps perdu
elle fête la renaissance
elle fête le temps révolu

celui de l'esclavage
celui de la colonisation
celui de l'occupation
celui des mauvais présages
le jour le jour le jour
le jour viendra
à ça ira ça ira ça ira
ce sera le plus beau jour
le monde entier dansera
ce sera le plus beau jour
le monde entier libérera
ce sera le plus beau jour
le monde entier aimera
ce jour là
le jour de l'indépendance
ce jour viendra

독립.
춤 춤.
지나간 세월 언저리에서
재생을 축하한다,
지나간 시간을 축하한다.
노예의 시간을,
식민지의 시간을,
강점의 시간을,
흉조의 시간을.
그날 그날 그날,
그날이 오리라.
오리라 오리라 오리라,
가장 아름다운 날이 오리라.
온 세상이 춤을 추리라.
가장 아름다운 날이 오리라,

온 세상이 해방되리라.
가장 아름다운 날이 오리라.
온 세상이 사랑을 하리라.
그날,
독립의 날,
그날이 오리라.

리포는 필명 외에는 알려지지 않은 신원 미상의 시인이다. 식민지 지배에서 벗어나는 독립을 이룩하자고 하는 시를 이렇게 썼다. 짧게 줄인 구절에다 하고 싶은 말을 요약했다. 앞에서 든 심훈, 〈그날이 오면〉에서와 같은 말을 간결하게 했다.

은다우Sadiouka Ndaw, 〈**나는 자유다**Je suis libre〉

J'ai brisé mes liens
Arraché le noeud gardien.
Fini le carcan, fini le boulet
Plus de fardeau, plus de fouet,
Fuir cette prison immonde,
Aller à la conquête du monde,
Je veux être le faucon qui s'envole,
Etre le fauve qui somnole.
Je veux être l'abeille butineuse,
Etre la fourmi courageuse.
Je veux être l'araignée qui façonne,
Etre la guêpe maçonne.
L'heure de la délivrance a sonné,
Servez- moi les mûres et les délices,
Oubliés, les repas fétides.
Au banquet des hommes libres,
Je veux retrouver mon équilibre,

Exercer mon office
Bâtir un édifice
Du haut de l'obélisque, sentir ma liberté.

나는 마침내 끊었다,
감시자가 묶어놓은 목줄을.
쇠고리도 족쇄도 끝냈다.
등짐도 채찍도 없어졌다.
이 더러운 감옥에서 벗어나
세상 어디라도 찾아간다.
매가 되어 날아가련다,
졸고 있는 맹수 사이에서.
벌이 되어 꿀을 모으련다,
용감한 개미 사이에서.
거미가 되어 줄을 치련다,
집짓는 말벌 사이에서.
해방의 종이 울렸다.
악취 나는 배식은 잊게 하고,
진미를 갖추어 차려다오
자유인을 위한 잔치를.
나는 안정을 찾아
할 일을 하면서
오벨리스크 위에다 건물을 세워
자유를 누리련다.

세네갈의 시인이 식민지통치에 벗어나는 해방과 독립을 이렇게 노래했다. 서두에서 구속과 시달림에서 벗어나는 해방을 선언했다. 심훈이 〈그 날이 오면〉에서 열렬하게 바란 해방의 의의를 몇 마디 말로 요약했다.

다음에는 독립해서 할 일을 다른 여러 나라와 견주어 제시했다. 다른 나라는 지상에서 하는 일을 공중에서 하겠다고 했다.

"졸고 있는 맹수"는 기존의 강대국이라고 할 수 있다. 하늘을 나는 매가 되어 더 높은 위치에 오르리라고 했다. "용감한 개미"는 힘써 일하는 신생국이라고 할 수 있다. 벌이 되어 꿀을 모으는 더욱 큰 열성을 가지리라고 했다. "집 짓는 말벌"은 국가 건설의 모범자라고 할 수 있다. 거미가 되어 줄을 쳐서 건설을 더 잘 하리라고 했다.

해방의 종이 마침내 울린 것을 축하하는 잔치를 차리자고 했다. 기쁨에 들떠 있지 말고 안정을 찾아 할 일을 하자고 하면서 앞에서 열거한 것들을 다른 말로 요약했다. 우뚝한 자세를 뽐내는 문명 유산 오벨리스크 위에다 더 높은 집을 지어 자유의 가치를 실현하자고 했다. 독립해서 할 일을 쉬운 말을 써서 명확하게 제시한 것을 주목하고 평가할 만하다.

디오프David Diop, 〈**아프리카, 나의 아프리카**Afrique mon Afrique〉

Afrique mon Afrique
Afrique des fiers guerriers dans les savanes ancestrales
Afrique que chante ma grand-mère
Au bord de son fleuve lointain
Je ne t'ai jamais connue

Mais mon regard est plein de ton sang
Ton beau sang noir à travers les champs répandu
Le sang de ta sueur
La sueur de ton travail
Le travail de I'esclavage
L'esclavage de tes enfants

Afrique dis-moi Afrique
Est-ce donc toi ce dos qui se courbe

Et se couche sous le poids de l'humilité
Ce dos tremblant à zébrures rouges
Qui dit oui au fouet sur les routes de midi

Alors gravement une voix me répondit
Fils impétueux cet arbre robuste et jeune
Cet arbre là-bas
Splendidement seul au milieu des fleurs
Blanches et fanées

C'est I' Afrique ton Afrique qui repousse
Qui repousse patiemment obstinément
Et dont les fruits ont peu à peu
L'amère saveur de la liberté.

아프리카, 나의 아프리카,
조상 전래의 초원 자랑스러운 전사들의 아프리카,
할머니가 먼 강가에서
노래하는 아프리카,
나는 너를 결코 모르지 못한다.

그러나 내 시선에는 피가 가득하다.
넓은 들판을 가로지르면서 너는 아름답고 검은 피를 흘린다.
땀에서 나는 피,
일해서 나는 땀,
노예가 하는 일,
노예가 된 아이들.

아프리카여 말하라.
등이 구부러진 것이 너의 모습인가.
모욕에 짓눌려 구부러진 등이
붉은 줄무늬를 보이면서 떨린다.

대낮 길에서 채찍을 맞으면서 순종하다니.

그러자 어떤 목소리가 장중하게 내게 대답했다.
원기 왕성한 아들, 저 우람하고 젊은 나무,
저기 있는 나무,
빛깔 잃고 시든 꽃들 사이에서
홀로 빛나는 나무.

그것이 아프리카, 너의 아프리카다,
끈덕지고도 완강하게 저항하면서
차츰차츰 열매를 맺는다,
자유의 쓰디쓴 맛이 나는 열매를.

디오프는 아프리카 세네갈의 시인이다. 이 시에서 아프리카 전역의 수난과 항거를 거대한 규모로 노래했다. 내력을 말한 것이 앞의 시와 같으면서 사설이 조금 길어졌다. 말이 끝나지 않았다는 것을 알리려고 했음인지 여기도 문장부호가 없는데 번역에서 넣었다. 들려온다는 목소리에는 따옴표를 넣었다.

제1연에서는 과거의 기억을 불러일으켰다. "조상 전래의 초원 자랑스러운 전사들"을 그리워하면서 아프리카의 표상으로 삼았다. 할머니가 먼 강가에서 아프리카의 노래를 부른다고 한 것은 기억으로 남은 과거와 현재의 거리가 멀기 때문이다. 기억에 남은 할머니의 노래가 아프리카의 노래라고 하는 것은 지금의 생각이다.

제2 · 3연에서는 현재의 수난을 말했다. 제2연에서는 멀리서, 제3연에서는 가까이서 살피면서, 아프리카 사람들이 고난당하고 모욕당하는 처절한 사연을 말했다. 제4 · 5연에서는 아프리카가 억압에서 벗어나 자유를 얻는 희망을 원기 왕성하고 우람한 나무를 하나 들어 말했다. 그 나무가 자라면 열리는 열매, 쓰디쓴 맛의 자유의 열매를 해방의 상징으로 삼았다.

시인 찾아보기

ㄱ

ㄴ

ㄷ

ㅁ

ㅂ

ㅅ

ㅈ

ㅊ

ㅋ

ㅌ

ㅍ

ㅎ